R. L. Stine • Der Werwolf ist unter uns

OMNIBUS

Foto: © privat

DER AUTOR

R. L. Stine wurde 1943 in einem kleinen Vorort von Columbus/Ohio geboren. Bereits mit neun Jahren entdeckte er seine Liebe zum Schreiben. Seit 1965 lebt er in New York City, wo er zunächst als Lektor tätig wurde. Seine ersten Bücher waren im Bereich Humor angesiedelt. Seit 1986 hat sich R. L. Stine, der sein Büro mit einem Skelett und einigen afrikanischen Masken teilt, jedoch ganz den Gruselgeschichten verschrieben. 1992 kam für ihn mit der Kindergruselserie »Gänsehaut« der ganz große und weltweite Erfolg.

DIE SERIE

»Gänsehaut« ist Kult! Bisher in 16 Sprachen übersetzt, wird »Gänsehaut« (GOOSEBUMPS) weltweit als beliebteste Kinderbuchserie gefeiert. Die Zeitung *USA Today* hat 1999 ermittelt, dass R. L. Stine der erfolgreichste Kinderbuchautor aller Zeiten ist. Wie lässt sich dieser Erfolg erklären? Ganz einfach: R. L. Stine erzählt nicht nur gruselige Geschichten, sondern bringt seine Leser auch zum Lachen. Mit dieser besonderen Mischung hat er erreicht, dass – dies belegen zahlreiche Briefe an den Autor – viele Kinder, die sich bislang nicht sonderlich für Bücher interessiert haben, zu Lesern geworden sind.

R. L. Stine

Der Werwolf ist unter uns

Aus dem Amerikanischen
von Charlotte Schauer

OMNIBUS

Band 24024

OMNIBUS

Der Taschenbuchverlag für Kinder

Verlagsgruppe Random House

München Berlin Frankfurt Wien Zürich

Umwelthinweis:
Dieses Buch wurde auf chlorfrei gebleichtem Papier gedruckt.

1. Auflage
Erstmals als OMNIBUS Mini-Taschenbuch Oktober 2003
Gesetzt nach den Regeln der Rechtschreibreform
Die Originalausgaben erschienen unter dem Titel
»Goosebumps, Series 2000 # 17:
The Werewolf in the Livingroom«
bei Scholastic, Inc., New York

Übersetzung: Charlotte Schauer
Lektorat: Janka Paskus
Umschlaggestaltung: Helmut Sigerist
at · Herstellung: Peter Papenbrok
Satz: Uhl + Massopust, Aalen
Druck: Clausen & Bosse, Leck
ISBN 3-570-24024-X
Printed in Germany

www.omnibus-verlag.de

1. Teil

1

»David, kannst du bitte etwas leiser sein?« Dad schlich zwischen den Bäumen hindurch. »Versuch mal, nicht wie ein Elefant zu trampeln. Wir wollen doch nicht, dass sie uns kommen hören.«

Ich trampelte wirklich wie ein Elefant. Ich stapfte durch den dunklen, kalten Wald, trat mit schweren Schritten auf die letzten vertrockneten Blätter dieses Winters und ließ das Laub so laut rascheln und knistern, wie ich konnte.

Ich wollte, dass sie uns kommen hörten. Ich wollte ihnen Angst einjagen.

Ihnen.

Den Werwölfen.

Es war kurz vor Mitternacht, als wir uns durch den Wald schlichen. Durch einen finsteren Wald, in dem die Bäume dicht beieinander standen. Einen Wald, in dem sich ein Werwolf bestens verstecken konnte. Wo dich ein Werwolf unvermutet aus der Dunkelheit anspringen und dir die Kehle durchbeißen konnte.

Ich stellte mir vor, wie Blut aus einer Wunde an meinem Hals spritzte, und zitterte.

Zu Hause war ich nicht sicher gewesen, ob es Werwölfe gibt. Doch hier im dunklen Wald ... hier fing ich an, an ihre Existenz zu glauben.

Warum ich im Wald war und Werwölfe jagte? Ich will's erklären.

Ich – David Freidus – bin elf Jahre alt. Ich habe lockiges rotes Haar, Sommersprossen und hellgrüne Augen. Ich bin groß und dünn. Richtig dünn. Mom sagte immer, ich sei so dürr, dass ein Windstoß mich umwehen könnte.

Mom starb vor zwei Jahren. Ich lebe bei meinem Vater, was gar nicht so schlecht ist – mit einer Ausnahme: Dad ist verrückt. Wirklich. Er tut nichts von den Dingen, die Väter normalerweise tun. Du weißt schon, so Sachen wie im Frühling zum Baseball gehen, im Sommer Würstchen grillen und im Winter Schnee schippen.

Warum nicht?

Weil ich – David Freidus – einen Vater habe, der Werwölfe jagt.

Dads großer Traum ist es, einmal im Leben einen echten Werwolf zu fangen. Er nutzt jede Gelegenheit, die sich ihm bietet, und durchkämmt die Wälder außerhalb unserer Stadt nach Werwölfen.

Bisher hat er aber noch keinen gefunden.

Meine Freunde wissen von meinem Dad und seinen Werwolfjagden. Trotzdem machen sie sich nicht über ihn lustig. Sie haben viel zu viel Angst. Denn mein Vater ist groß und ziemlich stark, seine Schultern sind breiter als die eines Footballspielers. Und außerdem ist er bei der Polizei.

Nein, meine Freunde machen sich nicht lustig über meinen Dad. So dumm sind sie nicht. Stattdessen machen sie sich lustig über mich.

Deshalb musste ich auch lügen, als es um die Osterferien ging. Ich erzählte allen, dass wir nach Florida fahren würden, um meine Großmutter zu besuchen. Aber es ging nicht nach Florida. Es ging nach Bratvia. In ein Land mitten in Europa, von dem ich noch nie gehört hatte.

Bratvia. Dad konnte es kaum erwarten, dorthin zu fahren – um Werwölfe zu jagen. Ich konnte es auch kaum erwarten, dorthin zu fahren – um so schnell wie möglich wieder nach Hause zurückzukommen.

Dad glaubte, dass es in Bratvia jede Menge Werwölfe gibt.

Und was glaubte ich?

Gibt es wirklich Werwölfe – oder ist mein Dad verrückt?

Das sollte ich bald herausfinden …

Ein eisiger Wind blies durch den dunklen Wald. Ich blieb stehen und lauschte. Lauschte den Tierrufen, die der Wind mit sich trug.

Trauriges Jaulen. Verärgertes Schreien. Heftiges Kreischen. Und Heulen. Hungriges Heulen. Das Heulen machte mir am meisten Angst.

Ich schaute zum Nachthimmel hoch – auf den leuchtenden Vollmond, der dort zu sehen war. Er tauchte die Baumwipfel in ein geheimnisvolles silbernes Schimmern.

Werwölfe zeigen sich bei Vollmond, schoss es mir durch den Kopf. Und sie fressen Menschen.

Ich erzitterte wieder.

Ich versuchte mich an alles zu erinnern, was ich jemals über Werwölfe gelesen hatte. In einigen Geschichten verwandeln sich Menschen in Werwölfe, wenn sie sich ein Wolfsfell überziehen. Oder wenn sie Wasser trinken, das sich im Pfotenabdruck eines Wolfes gesammelt hat.

Was wusste ich sonst noch?

Ach ja. Wie konnte ich nur das Allerwichtigste vergessen?

Man konnte einen Werwolf zwingen, sich wieder in einen Menschen zu verwandeln, indem man seinen richtigen Namen rief. Oder indem man dem Wesen dreimal auf den Kopf schlug.

Damit hatte sich's.

Mehr wusste ich nicht über Werwölfe.

»David, bleib da nicht so stehen!« Dad drehte sich flüsternd um. »Du bist die perfekte Zielscheibe. Es ist besser, der Jäger zu sein – nicht der Gejagte.«

»Ist ja schon gut, Dad. Ich komme.« Auf Zehenspitzen schlich ich mich durch das raschelnde Laub.

Dad beschleunigte seine Schritte. Er bewegte sich geschickt durch die Dunkelheit – wie ein Tier, das die Witterung seiner Beute aufgenommen hat.

»Dad, nicht so schnell!«, rief ich mit Panik in der Stimme. »Es ist zu dunkel. Ich werde dich sonst verlieren.«

Doch mein Vater reagierte nicht. Er legte jetzt sogar noch einen Zahn zu und verfiel in einen Laufschritt.

»Dad, bitte! Nicht so schnell!«, rief ich noch einmal und rannte ihm hinterher.

Warum wartet er bloß nicht auf mich?, fragte ich mich im Laufen und japste nach Luft.

»Dad! Warte auf mich! Ich kann nicht so schnell!«

Ich hatte Seitenstechen und sah nicht, wohin ich rannte. Plötzlich stolperte ich über eine Baumwurzel und schrammte mir das Gesicht an der Rinde auf. Ich fühlte, wie mir Blut übers Gesicht rann.

Trotzdem blieb ich nicht stehen. Ich lief hastig weiter und bemühte mich, Dad einzuholen.

Doch je schneller ich rannte, desto schneller wurde auch Dad.

»Dad!«, brüllte ich schließlich. »Bleib stehen!«

Dad hielt an.

Er drehte sich um und schaute in meine Richtung – und ich schrie auf.

2

Dichtes braunes Fell wuchs auf dem Gesicht meines Vaters. Voller Grauen beobachtete ich, wie sich seine Nase zu einer Schnauze verlängerte. Er zog die Lippen zurück und scharfe Reißzähne bildeten sich aus seinem Kiefer heraus.

Breitbeinig stand er da, drückte die Brust raus, warf den Kopf zurück – und heulte den Mond an.

Ich versuchte zu schreien und davonzulaufen. Aber ich konnte mich nicht rühren. Ich konnte dem Ganzen nur voller Entsetzen zusehen.

Inzwischen war Dad gänzlich mit Fell bedeckt und ließ sich auf alle viere nieder.

Er starrte mich unverwandt aus funkelnden schwarzen Augen an.

Tief aus seiner Kehle drang ein dumpfes, bedrohliches Knurren.

»Ich träume«, flüsterte ich. »Bitte. Das muss ein Traum sein.«

»Nur ein Traum«, murmelte ich und wälzte mich im Bett umher. »Nur ein Traum.«

Ja! Es war tatsächlich nur ein Traum.

Noch halb im Schlaf, strich ich mir das Haar aus der Stirn. Es war feucht und schweißverklebt. Ich drehte mein Kopfkissen um. An meinem heißen Gesicht fühlte es sich angenehm kühl an.

»Nur ein Traum«, murmelte ich. Es war ein gutes Gefühl, endlich daraus aufzuwachen.

Ich schloss die Augen und döste wieder ein.

Und hatte einen neuen Traum …

Dieses Mal lag ich auf einem Feldbett in einem Zelt und Regentropfen prasselten laut gegen die Zeltwand.

Ich hielt mir die Ohren zu, um den Regen nicht wahrzunehmen. Schließlich hörte es auf zu regnen.

Doch jetzt vernahm ich ein anderes Geräusch.

Ein Kratzen. Irgendetwas kratzte an der Zeltwand. Irgendetwas versuchte einzudringen!

Ich hielt den Atem an und lauschte angespannt. Das Kratzen wurde lauter und heftiger.

Ich fuhr in meinem Bett hoch.

Nein, ich war gar nicht in meinem Bett.

Ich liege wirklich auf einem Feldbett in einem Zelt, stellte ich fest. In einem Zelt mitten im Wald.

Es ist kein Traum mehr!

Das ist echt.

Ich starrte auf die Zeltwand.

Mein Herz raste, als die Wand sich heftig bewegte und das Kratzen noch wilder wurde.

Und dann schrie ich leise auf, als die Zeltwand plötzlich mit einem scharfen Geräusch riss.

3

Ich sprang aus dem Bett und stürzte quer durchs Zelt. Dann blieb ich abrupt stehen. Ich hatte zu viel Angst, um nachzusehen, was da von draußen herein wollte.

»Bitte, geh weg!«, bettelte ich. »Egal, was du bist – hau ab!« Ich schloss die Augen und flehte noch verzweifelter. »Verschwinde, damit ich mich wieder hinlegen und morgen aufstehen kann, wenn es draußen hell ist – und sicher.«

Wieder erklang ein Kratzen. Rauer. Wütender.

Meine Knie begannen zu zittern.

Ganz ruhig, David, sagte ich mir. Guck einfach raus. Du wirst sehen, da ist nichts, wovor man Angst haben muss.

Wahrscheinlich ist es nur ein Waschbär.

Ich wischte mir die schweißnassen Hände an meinem marineblauen T-Shirt ab. Sie zitterten, als ich vorsichtig den Zelteingang einen Spaltbreit öffnete.

Ich holte tief Luft und spähte hinaus.

Nichts zu sehen.

Was auch immer an meinem Zelt herumgekratzt hatte, war verschwunden.

Ich schaute zu den hohen Bäumen hinüber, die sich schwarz vor dem dunklen Himmel abhoben. Vor drei Tagen waren Dad und ich in diesen unheimlichen Wald gekommen. Und seitdem hatte ich jede Nacht schreckliche Albträume von Werwölfen.

Versteckt sich in diesem Wald wirklich ein Werwolf?, fragte ich mich.

Ich öffnete den Zelteingang etwas mehr und streckte den Kopf hinaus. Ich ließ meinen Blick über die kleine Lichtung schweifen.

Vor meinem Zelt glommen die letzten Reste unseres abendlichen Lagerfeuers. Ich sah eine dünne weiße Rauchsäule aufsteigen und sich im Wind auflösen.

Ich schaute nach rechts – zu Dads Zelt.

Dort war alles ruhig.

Keine kratzenden Geräusche.

Ich trat ins Freie.

Bis auf das sanfte Rauschen der Bäume war es völlig still im Wald. Die Luft war frisch. Mich fröstelte, als ich zum Vollmond aufblickte.

Vorsichtig entfernte ich mich einige Schritte von meinem Zelt und lauschte nach Geräuschen der Nacht, wie zum Beispiel dem Ruf einer Eule, dem Brummen eines Bären. Aber ich hörte nichts.

Nichts außer einer unheimlichen Stille.

Mein Herz begann wieder heftig zu schlagen.

Dad hatte gesagt, es gebe zwei gute Gründe für diese Reise.

Der erste war: einen Werwolf zu fangen.

Der zweite: mich härter zu machen. Ich glaube, Dad war der Ansicht, dass der Sohn eines Polizisten keine Memme sein sollte.

Aber Dad hatte keinen Werwolf gefangen. Und ich hatte mehr Angst als je zuvor. Zwei gute Gründe, um von hier zu verschwinden.

Ich schaute wieder zum Mond hoch – und erinnerte mich an noch etwas, das Dad mir gesagt hatte.

»Geh nicht alleine raus«, hatte er mich gewarnt, als wir hier ankamen. »Die Einheimischen schwören, dass sich ein Werwolf in diesem Wald herumtreibt. Und wir werden Vollmond haben, während wir hier sind. Das heißt, der Werwolf wird unterwegs sein. Und er wird auf der Jagd nach frischem Fleisch sein.«

Dad und die Einheimischen schienen sich ihrer Sache ganz sicher zu sein. Sicher, dass es Werwölfe wirklich gab. Dass einer in diesem Wald lauerte.

Das Herz schlug mir bis zum Hals.

Ich wandte mich meinem Zelt zu – aber ich hatte viel zu viel Angst, um alleine zu schlafen.

Ich werde heute Nacht in Dads Zelt schlafen. Ich sage ihm einfach, ich hätte Bauchschmerzen, damit er nicht denkt, ich hätte Angst.

Ich ging zu seinem Zelt hinüber. Leise öffnete ich den Eingang und sah hinein. »Dad?«

Er war weg.

4

Auf einmal hörte ich ein Rascheln hinter mir. Ich wirbelte herum und lauschte.

Schritte, dachte ich. Schwere Schritte, die durch das Laub auf dem Waldboden gingen.

Das muss Dad sein!, beruhigte ich mich in Gedanken. Ich werde ihm entgegengehen. Ich will auf keinen Fall alleine hier bleiben.

Ich rannte zu meinem Zelt und tastete in der Dunkelheit nach meiner Jeans und meinen Turnschuhen. Eilig streifte ich sie über und lief wieder hinaus.

Noch immer konnte ich das Rascheln im Laub hören. »Gut!«, murmelte ich. »Er muss also ganz in der Nähe sein.«

Ich verließ die kleine Lichtung und folgte einem schmalen Pfad in den Wald. Der silberne Mond leuchtete hell auf meinen Weg.

»He, Dad!«, rief ich, hielt dann aber inne.

»Das war wirklich blöd.« Ich schüttelte den Kopf. »Warum sagst du nicht jedem Bären einzeln, wo du bist?«

Aber es waren gar nicht die Bären, die mir Sorgen machten.

Ich versuchte dem Geräusch der Schritte zu folgen und spitzte die Ohren. Aber ich konnte nicht genau ausmachen, woher sie kamen. Plötzlich erreichte ich eine Weggabelung.

Soll ich weiter geradeaus gehen?, fragte ich mich. Oder soll ich die Abzweigung nehmen?

Ich wusste es nicht. Während ich unschlüssig dastand, entfernten sich die Schritte und wurden leiser.

Ich nahm die Abzweigung und rannte los. Immer den gedämpften Schritten folgend, lief ich tiefer in den Wald. Die Bäume standen hier dichter. Ihre Wipfel bildeten ein dunkles Dach, das den Himmel verdeckte und das Mondlicht abhielt.

Ich rannte in völliger Finsternis. Ständig stolperte ich und stieß gegen Bäume. »Warum musstest du auch unseren Lagerplatz verlassen, Dad?«, jammerte ich leise.

Ich blieb stehen, um nach den Schritten zu horchen. Aber im Wald war es absolut still.

Warum ist es hier so ruhig? Ich erschauerte. So unwirklich?

Auf einmal hörte ich das laute Knacken eines Zweiges.

Das musste Dad sein!

Ich lief weiter und folgte den Windungen des Pfades. Duckte mich unter tief hängenden Ästen. Wich dem moosigen Wasser aus, das von den Blättern tropfte.

Erschöpft hielt ich an, um zu Atem zu kommen.

Ich werde ihn nie finden! Es ist zu dunkel. Ich habe keine Ahnung, wohin ich gehe.

»Dad! Dad! Wo bist du?«, rief ich.

Wieder brach ein Zweig, dieses Mal über meinem Kopf.

Ich erstarrte.

Ein tiefes Knurren ertönte. Dann das laute Knacken eines Astes.

Ich sah nach oben – und starrte in funkelnde schwarze Augen.

Ein Tier?

Was war es?

Aber mir blieb keine Zeit, es herauszufinden, denn da sprang es von dem Ast herunter.

Ich taumelte zurück, öffnete den Mund und wollte schreien – brachte aber keinen Laut heraus.

Halb Wolf, halb Mensch landete es auf allen vieren vor mir. Sein gesträubtes Fell glänzte im Mondlicht, das jetzt durch einen Spalt im Walddach fiel.

Knurrend und geifernd kam das Untier auf mich zu.

Vor Schreck blieb mir fast der Atem stehen. Ich wich zurück.

Das Wesen hatte das Gesicht eines Wolfes und den Rumpf eines Mannes.

Es starrte mich aus seinen funkelnden schwarzen Augen an und bleckte die Zähne. Voller Entsetzen sah ich seine langen, gebogenen Reißzähne.

Bevor ich losrennen konnte, setzte sich der Werwolf auf die Hinterpfoten, legte den Kopf in den Nacken und stieß ein wildes Heulen aus.

Dann sprang er auf. Sprang hart gegen meine Schulter. Und grub seine Reißzähne tief in meine Haut.

5

Ein scharfer, brennender Schmerz.

Schwindel.

Blindheit.

Ich falle in die Dunkelheit. Falle und falle …

Warmer Atem in meinem Nacken.

Er ist da. Er ist zurück.

»Geh weg! Neiiin! Dad! Hilfe!«

Eine Hand auf meiner Schulter. Nein, keine Hand. Eine Wolfspfote.

»Neiin! Hilfe!«

»David, ich bin ja da. Es ist alles in Ordnung. Beruhige dich.«

Ich riss die Augen auf. Dad saß auf der Kante meines Feldbettes. Er beugte sich über mich, eine Hand auf meiner Schulter.

»David, geht es dir gut?« Sorgenvoll zog er die Stirn in Falten.

Ich setzte mich auf. Ich war in meinem Feldbett. Zurück im sicheren Zelt.

Einen Augenblick mal. Hatte ich heute Nacht nicht mein Zelt verlassen?

Ich war verwirrt.

Die Jagd durch den Wald, der Werwolf – war das nur wieder einer meiner Albträume gewesen?

Ich wandte mich zurück zu meinem Vater und fühlte einen pochenden Schmerz in der Schulter.

Nein, kein Albtraum. Dieser Werwolf war echt gewesen.

»Wie bin ich hierher zurückgekommen?«, fragte ich.

»Ich habe dich getragen«, antwortete er. »Ich sah, wie das Untier sich über dich beugte. Da habe ich es verjagt!« Dads Gesicht wurde ganz rot vor Aufregung.

»Bist du sicher, dass es fort ist?« Ich ließ mich auf das Kissen zurücksinken.

»Ja. Es ist fort. Heute Nacht wird es nicht wiederkommen. Aber mach dir keine Sorgen.« Dad sprang auf und begann im Zelt auf und ab zu gehen.

Wenn das Untier weg war, warum sollte ich mir dann Sorgen machen?, fragte ich mich. »Was meinst du damit?« Ich setzte mich wieder auf.

»Mach dir keine Sorgen«, wiederholte er. »Es ist fort. Aber morgen werden wir es erlegen.«

»Ich will es aber gar nicht erlegen!«, rief ich. »Ich will morgen nach Hause!«

»Das ist alles so aufregend!« Dad lief immer noch auf und ab. Er hatte mir überhaupt nicht zugehört. »Wir werden tatsächlich einen Werwolf fangen.«

»Es ist zu gefährlich, Dad!«, schrie ich.

Dad blieb stehen und sah mich verwirrt an. »Gefährlich?« Er schüttelte den Kopf. »Werwölfe haben tagsüber keine besonderen Fähigkeiten, David. Sie sind Menschen wie du und ich. Es ist kein bisschen gefährlich.«

Ich merkte, dass ich in dieser Diskussion nicht gewinnen würde, und wechselte das Thema.

»Dad, wohin warst du gegangen?«, fragte ich. »Ich hab dich in deinem Zelt gesucht, aber du warst nicht da.«

»Ich konnte nicht einschlafen. War wohl zu fiebrig,

dass wir endlich hier sind. Ich wollte einen kurzen Spaziergang machen und dachte, vielleicht würde ich dabei ja den Werwolf zu Gesicht bekommen. Du weißt doch, wie lange ich schon davon träume, einmal einen zu fangen.«

Dad schlug die Plane vor dem Zelteingang zurück und trat hinaus. »Schlaf gut, David. Es ist alles in Ordnung. Alles in Ordnung mit dir, Sohnemann. Ruh dich ein bisschen aus. Morgen ist der große Tag. Den werden wir nie vergessen.« Die Zeltplane schloss sich hinter ihm.

Ich ließ mich wieder auf mein Feldbett fallen und zog mir die Decke bis zum Kinn.

Ein starker Windstoß wehte die Plane über dem Eingang hoch.

Ach, hätte dieses Zelt doch eine abschließbare Tür, dachte ich, als ich die flatternde Zeltplane beobachtete. Wäre ich doch nur *wirklich* in Florida und würde Oma besuchen. Ich schloss die Augen.

Wäre ich doch nur zu Hause und spielte Baseball mit meinen Freunden. Ich wurde langsam schläfrig.

Wären doch nur die Osterferien schon vorüber.

Ich schlief ein, während ich an all die Orte dachte, an denen ich im Moment viel lieber wäre.

Ich warf mich im Bett hin und her – und begann zu träumen.

Ich rannte … rannte durch einen dunklen, eisigen Wald.

Ich lief unter tief hängenden Ästen hindurch, lief auf allen vieren. Über mir schien der Vollmond.

Das Laub auf dem Boden berührte mein Fell. Der Geruch der feuchten Erde stieg mir in die Nase. Ich rannte mit einem Wolfsrudel. Und hechelte.

Nein! Ich wollte, dass dieser Traum aufhörte.

Ich zwang mich dazu, aufzuwachen.

Ich riss die Augen auf und schnappte nach Luft.

Es war nur ein Traum, sagte ich mir und versuchte meinen Atem zu beruhigen. Wieder so ein schrecklicher Albtraum.

Im Zelt war es dunkel.

Es ist immer noch Nacht, stellte ich fest.

Ich setzte mich halb im Bett auf – und mir stockte der Atem.

Vom Fußende meines Bettes her starrte mich ein schwarzes, funkelndes Augenpaar an – die Augen des Werwolfs.

6

»Tu mir nichts.« Meine Stimme klang heiser.

Der Werwolf rührte sich nicht vom Fleck.

Laut hechelnd wie ein Tier, sah er mich aus glitzernden schwarzen Augen an. Sein Blick schien mich zu hypnotisieren.

Mein Herz schlug wild in meiner Brust. Ich hatte zu viel Angst, als dass ich mich ganz hätte aufsetzen können. Ich konnte nur hilflos zurückstarren.

Schrei, David, schrei!

»Daaad!« Mein Schrei zerriss die Stille. »Daaaaad!«

»David, was ist los?«, rief Dad von seinem Zelt her. »Ich bin gleich bei dir!«

Ich sprang so schnell auf, dass ich das Feldbett umstieß. Dann prallte ich taumelnd gegen die Zeltwand und riss fast das ganze Zelt um.

»Ganz ruhig.« Dad kam herein und stabilisierte mit seinen Armen das Zelt. »David, was ist mit dir? Was ist passiert? Warum schreist du so?«

»Er … er ist zurückgekommen, Dad!«, stammelte ich. »Er war hier. Hier im Zelt. Genau da.« Ich deutete auf die Stelle, wo der Werwolf gestanden hatte.

»Er ist zurückgekommen?« Dad konnte es nicht fassen. »Ich muss ihm hinterher!« Er drehte sich um und wollte gehen. »Oh.« Er blickte über die Schulter zurück. »Alles okay mit dir?«

Ich nickte. »Glaub schon. Ich …«

Aber Dad war schon draußen, bevor ich meinen Satz beendet hatte.

Ich stellte mein Feldbett wieder auf. Noch immer zitternd, setzte ich mich hin. »Ich kapier's einfach nicht. Warum ist der Werwolf zurückgekehrt?«, fragte ich mich.

Ich erinnerte mich, wie er am Fußende meines Feldbettes gestanden hatte.

Dad hatte gesagt, der Werwolf würde in dieser Nacht nicht wiederkommen. Aber Dad hatte sich geirrt.

Dad?

Ob alles mit ihm in Ordnung ist?, fragte ich mich.

Vielleicht braucht er meine Hilfe.

Wenn ihm da draußen nun etwas Schreckliches zustößt?

Wenn ihm da draußen der Werwolf auflauert?

»Ich hätte mit ihm gehen sollen!« Ich sprang von meinem Feldbett auf. »Er hätte mich hier nicht alleine zurücklassen dürfen. Er hätte mich mitnehmen müssen!«

Ich wollte schon hinausrennen, aber da fiel mein Blick auf einen kleinen Gegenstand auf dem Boden. Etwas Kleines, Weißes funkelte in der Zeltecke.

Was war das denn? Ich hob es auf und schaute es genau an.

Vielleicht ein Tierzahn? Es war wie ein Anhänger auf einen Faden gezogen. Ich drehte es in meiner Hand hin und her und betrachtete es von allen Seiten.

Wo kam das denn her?

Der Werwolf! Ja. Jetzt erinnerte ich mich wieder, wie er etwas auf mein Feldbett geworfen hatte.

Ich hielt den Anhänger an dem Faden in die Höhe. Kein Zweifel, es war ein Zahn.

Ich musste unbedingt Dad finden und es ihm zeigen. Vielleicht hatte es etwas zu bedeuten.

Ich flitzte aus dem Zelt und erschrak fürchterlich. Dad stand direkt vor dem Eingang.

»Ich … ich wusste nicht, dass du hier bist«, murmelte ich.

»Ich konnte das Biest nicht finden.« Dad zog die Stirn in Falten. »Wir probieren es morgen wieder.«

»Guck mal.« Ich reichte ihm den Anhänger. »Das

hat der Werwolf in meinem Zelt hinterlassen. Ist das ein Wolfszahn?«

Dad nahm den Anhänger. »Komisch«, sagte er, während er ihn betrachtete. »Aus welchem Grund sollte der Werwolf dir das geben?«

»Was bedeutet es wohl, Dad?«

Mein Vater schüttelte den Kopf. »Keine Ahnung. Aber vielleicht bringt es uns Glück, wenn wir morgen auf Werwolfjagd gehen.« Der Gedanke daran ließ Dads Augen aufleuchten. »Du solltest es tragen.«

Er legte mir die Kette um. Als der Anhänger meine Brust berührte, erzitterte ich.

Ich fühlte eine schreckliche Kälte – eine Kälte, die sich über meinen ganzen Körper ausbreitete. Schnell schlang ich wärmend die Arme um den Oberkörper.

»David! David! Komm schnell!« Am nächsten Morgen weckte mich Dads ungeduldiges Rufen.

Ich quälte mich aus meinem Feldbett.

»Beeil dich! Sonst ist es zu spät!« Seine Stimme klang schrill und aufgeregt. »Beeil dich! Du verpasst es noch!«

7

Ich rannte aus dem Zelt und schaute mich fieberhaft um. Nichts.

Kein Werwolf. Nur Dad mit seiner blauen Baseballkappe, Jeans und seinem roten Lieblings-T-Shirt. Er beugte sich gerade über das Lagerfeuer und machte Spiegeleier in einer schweren, gusseisernen Pfanne.

»Was ist los, Dad?«, rief ich mit klopfendem Herzen. »Wofür zu spät?«

»Zu spät fürs Frühstück. Du willst doch nicht, dass deine Eier kalt werden.« Er lachte.

»Sehr witzig!«, grummelte ich.

Dad ließ die Eier aus der Pfanne auf zwei Teller gleiten. Einen davon reichte er mir. »Sei nicht so mürrisch, David. Heute ist unser Glückstag. Heute werden wir einen Werwolf fangen!«

Heute werden wir einen Werwolf fangen. Plötzlich hatte ich einen riesigen Kloß im Hals.

Ich lud mir etwas Ei auf die Gabel und schob es mir in den Mund. Aber ich konnte nicht schlucken. Als Dad sich etwas Kaffee eingoss, spuckte ich das Ei wieder auf meinen Teller.

»Bist du sicher, dass es ungefährlich ist?«, fragte ich. »Du weißt schon – dass wir versuchen einen Werwolf zu fangen, meine ich.«

»Was soll die Frage?«, gab Dad zurück. »Deshalb sind wir schließlich hier, oder nicht?«

»Aber vielleicht ist es gefährlich«, beharrte ich. »Vielleicht verfügen Werwölfe tagsüber über Fähigkeiten, von denen du nichts weißt.«

»Tun sie nicht«, behauptete Dad.

»Aber woher weißt du das?«, bohrte ich nach. »Wie kannst du dir so sicher sein?«

Mein Vater weiß alles. Er weiß, wie man ein Auto repariert oder einen tropfenden Wasserhahn. Er weiß alles über Sternbilder. Er weiß es, wenn ich krank werde – noch bevor ich es selbst weiß. Und er weiß sogar, wie man einen Pullover strickt. Er wird mir ganz genau erklären, woher er weiß, dass Werwölfe tagsüber über keine besonderen Fähigkeiten verfügen. Dann werde ich mich besser fühlen.

»Woher weißt du, dass Werwölfe tagsüber nicht stark sind?«, fragte ich noch einmal.

»Keine Ahnung, woher.« Dad zuckte die Achseln. »Ich weiß es einfach.«

Ich fühlte mich nicht besser.

Nach dem Frühstück verkündete Dad, es sei an der Zeit, das Lager abzubrechen. Zeit, einen Werwolf zu fangen.

Wir bauten die Zelte ab, verpackten alles in zwei großen, grünen Rucksäcken und machten uns auf den Weg tiefer in den Wald.

»Woher weißt du, wohin wir gehen müssen?«, fragte ich.

»Das ist leicht. Wir folgen einfach diesen Spuren.« Dad deutete auf tiefe Eindrücke im Morast.

Ich starrte zu Boden und erschauerte.

Wir liefen weiter durch den Wald. Die dichten Baumkronen ließen kaum Sonne hindurch. Es ist so düster, dachte ich und blieb stehen, um meinen Rucksack zurechtzurücken.

»Dad! Nicht so schnell!«, rief ich. Doch er wurde nicht langsamer. Er marschierte mit federnden Schritten eilig voran, als könne er es kaum erwarten, Beute zu machen.

Als ich ihn einholte, blieb er abrupt stehen.

»Da ist er!«, flüsterte er. »Ich kann ihn sehen!« Seine Pupillen weiteten sich vor Aufregung. Dann rannte er los und folgte dem gewundenen Pfad immer tiefer in den Wald hinein.

Mit wild klopfendem Herzen folgte ich ihm.

Dad rannte immer schneller und brach durchs Unterholz.

In der Ferne sah ich etwas aufblitzen. Braunes Fell.

Wieder blieb ich stehen.

»Schau.« Dad blickte auf das Wesen vor sich. »Nur ein Fuchs.«

Ein kleiner, brauner Fuchs starrte uns verängstigt an. Dad schüttelte enttäuscht den Kopf.

»Ich hätte es wissen müssen«, sagte er. »Es ist Morgen. Der Werwolf hat inzwischen seine menschliche Gestalt angenommen. Na ja, den Fehler mache ich nicht noch einmal.«

Ich war froh darüber, dass Dad diesen Fehler gemacht hatte. Ich betete, dass er bis zu unserer Abreise immer weitere Fehler machen würde. Und dass der Werwolf inzwischen ganz, ganz weit weg wäre.

Dad kehrte auf den Pfad zurück und wir setzten unsere Jagd fort.

An diesem Tag war der Wald voller Geräusche. Geräusche, die ich noch nie zuvor gehört hatte. Seltsame Tierschreie und ein Kreischen, das einem durch Mark und Bein ging. Und ein lautes Knacken – als würden tausende von Fingern knacken.

Ich schaute nach oben und erschrak. Die Äste waren voller tiefschwarzer Amseln. Hunderte und aberhunderte von ihnen. Sie hockten Seite an Seite. Mit dunkelroten Augen. Und langen, scharfen Schnäbeln, die sie mit einem lauten Knacken öffneten und wieder schlossen.

Nie zuvor hatte ich solche Vögel gesehen.

Während ich zwischen den Bäumen hindurchging, behielt ich sie im Auge. Ich starrte in tausende roter Augen, die mich beobachteten. Und hörte den Krach, der durch ihre klappernden Schnäbel verursacht wurde.

Waren sie wütend?

Ich musterte sie forschend.

Hatten sie Hunger?

Immer noch schaute ich nach oben.

Ich hatte keine Lust, das herauszufinden.

Endlich wandte ich den Blick von ihnen ab – und schrie auf.

Niemand war auf dem Pfad vor mir.

Dad war verschwunden.

»Dad, wo bist du?«, brüllte ich.

Keine Antwort.

Wieder rief ich nach ihm. Und wieder.

Ich rannte zwischen den Bäumen herum und suchte ihn. Aber ich konnte ihn nirgendwo entdecken.

»Warum hab ich bloß nicht darauf geachtet, wo ich hingegangen bin?«, stöhnte ich laut.

Hektisch ließ ich meinen Blick umherschweifen.

»Woher soll ich wissen, wo ich jetzt bin?«, heulte ich. »Die Bäume hier sehen alle gleich aus. Nie werde ich einen Weg aus diesem Wald herausfinden. Und niemand wird mich hier drin je finden.«

Niemand, außer dem Werwolf.

8

»Dad! Daaad! Daaaaad!« Aus vollem Hals rufend, rannte ich den Pfad entlang. Meine schrillen Schreie hallten durch den Wald. Aber noch immer bekam ich keine Antwort. Kein Zeichen von meinem Vater.

Inzwischen keuchte ich schwer. Ich war erschöpft und meine Kehle tat vom vielen Schreien weh.

Ich verlangsamte meinen Schritt und lief schweigend durch den Wald.

Ich blinzelte zwischen den Bäumen hindurch und suchte meinen Vater, hoffte einen Blick auf sein rotes T-Shirt zu erhaschen. Oder auf seinen grünen Rucksack.

Ich bemühte mich, ruhig zu bleiben. Doch jedes noch so kleine Geräusch – das Rascheln des Laubes, das Knacken eines Zweiges, ein Tierruf – ließ meinen Pulsschlag vor Angst rasen.

Während ich so ging, bemerkte ich, dass der Pfad allmählich breiter wurde. Die Bäume standen weiter auseinander und mehr Licht drang durch die Baumwipfel.

Und dann öffnete sich der Wald in eine Lichtung.

Ich trat in den gleißenden Sonnenschein und hätte vor Freude fast gejubelt.

Eine kleine Blockhütte stand auf der Lichtung. Weiße Rauchwölkchen stiegen vom Schornstein auf. Ein warmes, orangefarbenes Licht drang aus einem Fenster neben der Eingangstür.

Ich schlich mich auf Zehenspitzen zum Fenster und spähte hinein. An der rückwärtigen Wand brannte Feuer in einem Kamin. Vor dem Kamin standen ein runder Holztisch und zwei Stühle.

Ich reckte den Hals, um noch mehr erkennen zu

können, als plötzlich die Tür mit einem lauten Krachen aufflog.

Überrascht schrie ich auf.

In der Tür stand eine alte Frau. Sie hatte pechschwarzes Haar, das ihr bis zur Hüfte reichte. Aber es war oben ganz dünn und ich konnte ihre rosa Kopfhaut durchschimmern sehen.

Ihre Haut war furchtbar faltig und ihre Nase so groß, dass ihre Nasenspitze fast ihre ausgetrockneten Lippen berührte.

Sie trug ein zerschlissenes pink-orangefarbenes Spitzenkleid. Es umspielte lose ihren dürren Körper und reichte ihr bis zu den Knöcheln. Sie war barfuß.

Ihre Ohrläppchen wurden vom Gewicht ihrer silbernen Ohrringe ganz lang gezogen. Glitzernde silberne Armreifen zierten ihre Handgelenke und bedeckten ihre Unterarme bis zum Ellenbogen.

»Was willst du?« Ihre Stimme war erstaunlich klar und durchdringend, ihre blauen Augen unglaublich hell.

»Ich … ich hab mich verlaufen«, stotterte ich.

»Dann komm rein.« Sie drehte sich um und verschwand in der Hütte.

Ich folgte der alten Frau. Ich trat ein – und sog

scharf die Luft ein, als die Tür mit einem lauten Knall hinter mir ins Schloss fiel.

»Du hast Angst, stimmt's?« Die alte Frau nickte. »Nur zu Recht.«

Ich schaute verstohlen zur Tür.

»Du bleibst hier«, sagte die Frau, als könnte sie meine Gedanken lesen. »Setz dich.« Sie umklammerte meine Schulter und schob mich in Richtung Holztisch. »Es ist hier nicht ungefährlich.« Der eisige Blick der Frau machte mir eine Gänsehaut.

»Dann will ich besser gehen!« Ich sprang auf.

»Setz dich!«, befahl sie noch einmal. »Ich meinte den Wald. Der Wald ist nicht ungefährlich. Warum bist du hier allein unterwegs?« Ihre Stimme wurde etwas freundlicher.

»Bin ich ja gar nicht«, widersprach ich. »Ich war mit meinem Vater da. Aber ich habe ihn verloren.«

Ich erzählte der alten Frau alles über meinen Vater. Auch, dass er unbedingt einen Werwolf fangen wollte.

»Ich bin mir sicher, dass dein Vater nach dir sucht und hier auftauchen wird. Bis dahin lass uns einen Tee trinken und ich erzähle dir die Geschichte von dem Werwolf, dem dein Vater auf der Spur ist.«

Die alte Frau stand auf und setzte einen Wasserkessel auf. Dann kam sie zum Tisch zurück. Sie fuhr sich mit ihren gichtigen Fingern durch ihr dünnes, schwarzes Haar und fing an zu reden.

»Dieser Wald war nicht immer so still«, begann sie. »Kinder spielten hier und ihr Lachen erfüllte den Wald. Aber das war vor langer, langer Zeit. Bevor der Fremde kam.«

»Der Fremde?«

»Ja.« Die Frau nickte traurig. »Ein groß gewachsener, bulliger Mann. Mit dichtem, schwarzem Haar, das ihm bis auf die Schultern fiel. Und einem langen schwarzen Bart, der sein Gesicht verbarg. Und funkelnden, schwarzen Augen. ›Wolfsaugen‹, sagten die Dorfbewohner.

Niemand wusste, woher der Mann gekommen war. Er ging durch den Ort, geradewegs auf den Wald zu. Und die Dorfbewohner waren darüber so froh, dass sie ihn nicht aufhielten und auch keine Fragen stellten.

Aber genau das hätten sie tun sollen. Darin waren sich später alle einig. Sie hätten ihn aufhalten müssen. Sie hätten ihn davonjagen müssen.« Die Stimme der alten Frau wurde leiser. »Denn damals begann das Grauen.«

Sie lehnte sich auf ihrem Stuhl zurück und schloss

fest die Augen – als wollte sie sie vor etwas unaussprechlich Schrecklichem verschließen.

»Was ... was passierte dann?«, stammelte ich.

»Es war eine Vollmondnacht. Ein furchtbares Heulen drang die ganze Nacht lang durch den Wald. Und wir alle hörten verzweifelte Schreie. Keiner konnte schlafen. Bei Sonnenaufgang erstarben die Geräusche. Was auch immer geschehen war – es war vorbei. Die Dorfbewohner waren erleichtert. Aber einer von ihnen bestand darauf, im Wald nach dem Rechten zu sehen.

Eine kleine Gruppe von Männern meldete sich freiwillig. Sie fanden den Waldboden bedeckt von schrecklich verstümmelten Tierkadavern. Und sie entdeckten noch etwas – Wolfsspuren.

In der folgenden Nacht versteckten sich einige mutige Männer im Wald. Als der Mond aufging, sahen sie den Fremden von einem Baum herunterspringen. Er schaute zum Mond hoch und heulte.

Dann sahen die Männer voller Entsetzen, wie dem Fremden ein dichtes Fell wuchs, wie sein Gesicht sich in das eines Wolfes verwandelte. Rasiermesserscharfe Reißzähne schoben sich über seine Lippen.

Ein Kaninchen hoppelte heran. Das Wesen fing es ein und verschlang es mit einem Bissen.

Die Männer rannten aus dem Wald. Sie rannten den ganzen Weg bis zum Dorf. Sie hatten Glück.

Seither kamen viele, die den Werwolf fangen wollten. Sie kehrten nie zurück.« Die alte Frau seufzte tief. »Nur Dumme oder Verrückte gehen jetzt noch in diesen Wald. Niemand entkommt dem Werwolf unverletzt.«

»Ist es immer noch derselbe Werwolf? Der Fremde mit den Wolfsaugen?«

Sie zuckte die Achseln. »Wer weiß? Wer weiß schon, wie viel an diesen alten Geschichten wahr ist?«

»Ich hoffe, meinem Dad ist nichts passiert.« Mein Blick wanderte zum Fenster.

»Ich bin mir sicher, dass es ihm gut geht. Es ist Tag. Nichts wird ihm passieren, solange die Sonne scheint.« Die alte Frau beugte sich über den Tisch und ergriff meine Hand. »Soll ich dir die Zukunft vorhersagen?« Sie lächelte.

Ich reichte ihr meine Hand.

»Das hier ist deine Lebenslinie.« Sanft fuhr ihr knochiger Finger eine Linie auf meiner Handfläche entlang.

Ich beugte mich vor, um besser sehen zu können. Da rutschte mir mein Anhänger unter dem T-Shirt hervor.

Der Zahn baumelte auf sie zu – und die alte Frau schrie entsetzt auf. »Das Zeichen des Werwolfs!«, kreischte sie. »Woher hast du das? Raus! Raus aus meinem Haus!«

9

Immer noch kreischend, sprang die Frau von ihrem Stuhl auf. Sie langte in den Kamin und ergriff einen glühenden Schürhaken.

Ich schoss hoch und sauste zur Tür.

Mit rasendem Herzschlag überquerte ich die Lichtung. Ich stolperte über einen Stein und fiel auf die Knie.

Die Frau humpelte mir nach und schwang dabei den glühenden Schürhaken. »Das Zeichen des Werwolfs! Raus! Hau ab!« Ihre Schreie erfüllten die Lichtung.

Ich rappelte mich schnell auf und brach durchs Unterholz. Ich konnte den Pfad nicht finden, aber das war mir egal. Ich huschte zwischen den Baumstämmen hindurch. Stolperte über Wurzeln. Lief weiter.

Warum hatte sie gesagt, der Zahn sei das Zeichen des Werwolfs?

Warum hatte sie eine solche Angst davor?

Ich rannte und rannte, bis ihre Schreie immer leiser wurden. Blindlings lief ich durch den Wald – bis ich sie nicht mehr hören konnte.

Und dann, obwohl ich Seitenstechen hatte, rannte ich noch ein bisschen weiter.

Ich blieb erst stehen, als ich ein tiefes Knurren hinter mir hörte. Und schnappende Kiefer.

»Der Werwolf!«, rief ich entsetzt aus und fuhr herum.

Ich starrte auf ein Rudel verwilderter Hunde. Es waren mindestens zehn. Hässliche Hunde mit stumpfem, dreckigem Fell. Mit gelben Augen, die mich fies anstarrten, und mit Lefzen, von denen der Geifer tropfte.

Laut knurrend senkten sie ihre räudigen Köpfe. Bereit zum Angriff.

Sie umkreisten mich. Kamen näher. Schnappten hungrig nach mir.

Ich hechtete zu einem Baum, umklammerte verzweifelt den Stamm mit Armen und Beinen und kletterte hinauf.

Jaulend und bellend liefen die Hunde zum Baum und sprangen am Stamm hinauf.

Ich kletterte höher.

Die Hunde sprangen ebenfalls höher und versuchten den Stamm zu erklimmen.

Ich schrie auf, als ein Hund sich in meinen Turnschuh verbiss. Wild schüttelte er den Kopf hin und her und zerrte mich runter.

Schließlich konnte ich mich mit einem Ruck befreien. Mein Turnschuh flog mir im hohen Bogen vom Fuß.

Ein anderer Hund sprang hoch und zerrte an meiner Socke. Heftig trat ich nach ihm und schüttelte ihn ab. Ich versuchte ein Stückchen höher zu klettern.

»Neeiiin!«

Ich verlor den Halt und stürzte ab.

Ich landete auf dem Rücken – inmitten des Rudels hungriger Hunde.

10

Von meinem Sturz überrascht, blieben die Hunde starr stehen. Heftig hechelnd beobachteten sie mich mit gesenkten Köpfen, warteten auf meine nächste Bewegung.

Dann, ganz langsam, als hätte jemand ein geheimes Zeichen gegeben, kamen sie auf mich zu.

Wenn ich jetzt versuchen würde aufzustehen, würden sie mich sofort angreifen und mich in Stücke reißen, das wusste ich.

Leise knurrend krochen sie näher.

Der Werwolfzahn!

Die alte Frau hatte davor Angst gehabt, dachte ich. Vielleicht ja auch die Hunde.

Langsam, ganz langsam hob ich die Hand an meinen Hals.

Die Hunde kamen näher. Inzwischen konnte ich ihren heißen, säuerlichen Atem auf meiner Haut spüren.

Ich fuhr mit der Hand unter mein T-Shirt.

Zitternd umschlossen meine Finger die Kette.

Die Hunde kamen näher.

Ich suchte nach dem Zahn.

Wo ist er? Wo?

Die Hunde knurrten bösartig, bereit zum Angriff.

Ich zog verzweifelt an der Kette. Zerrte und riss daran. Aber der Zahn war weg.

11

Ich hob den Kopf und zog mit einem Ruck an der Kette.

Der Zahn! Ich hatte darauf gelegen.

Ich umklammerte ihn.

Die Hunde sprangen auf mich zu.

Ich hielt den Tierzahn über mich in die Luft.

Ja!

Die Hunde machten quasi in der Luft kehrt!

Sie hörten auf zu bellen und starrten ohne jeden Laut den Zahn an.

Dann wandten sie sich mit verängstigtem Jaulen von mir ab. Und zogen ab in den Wald, den Schwanz zwischen die Hinterbeine geklemmt.

»Wahnsinn! Dass das geklappt hat!« Ich setzte mich auf und schaute in den Wald. Die Hunde waren verschwunden. Wirklich verschwunden.

»Der Zahn hat eine große Macht!« Ich umschloss ihn fest mit den Fingern. »Er hat mir das Leben gerettet! Ich muss gut auf ihn aufpassen.«

Warum hat er diese besondere Macht?, fragte ich mich.

Vielleicht kann Dad mir helfen, das herauszufinden.

Vorsichtig steckte ich den Zahn zurück unter mein T-Shirt. Dann stand ich auf, zog mir den Turnschuh wieder an und machte mich auf die Suche nach meinem Vater.

Ich wanderte durch den Wald, bis ich auf einen Pfad traf, dem ich folgte.

Im Wald war es wieder ganz still. Ich sah keine merkwürdigen Amseln und hörte auch nicht dieses seltsame Knacken ihrer Schnäbel. Ich entdeckte auch keine Eichhörnchen oder Kaninchen.

Ich sah und hörte nichts.

Doch ich hatte keine Angst.

Ich berührte den Zahn, der unter meinem T-Shirt versteckt war, und fühlte mich sicher.

Keine Ahnung, wie lang ich so ging.

Ich wusste nicht, ob ich ein fremdes Waldstück durchquerte oder einen Bereich, den ich vorher schon erkundet hatte.

»Dad! He, Dad!«, rief ich nach meinem Vater, während ich zwischen den Bäumen entlangspazierte.

Aber mein Vater antwortete nicht.

Wenn ich ihn nicht finde, werde ich noch verrückt!, dachte ich. Die Gelassenheit, die ich verspürt hatte, verließ mich zusehends. Mein Herzschlag beschleunigte sich.

Ich ging ein bisschen schneller.

Rief ein bisschen lauter.

»Daaaad! Hörst du mich?«

Keine Reaktion.

»Dad! Wo steckst du?«

»David, bist du das?«, kam es plötzlich zurück.

»Dad! Ich bin's!«, rief ich voller Freude aus. »Wo bist du?«

»Guck nach oben, David! Such den höchsten Baum!«

Ich schaute nach oben. »Okay, Dad. Ich seh ihn. Ich komme.«

»Beeil dich, David!« Dads Stimme war vor Aufregung ganz heiser. »Ich hab ihn. Ich hab den Werwolf gefangen.«

Ich rannte, so schnell ich konnte. Aber eigentlich wollte ich kehrtmachen. Ich wollte den Werwolf nicht sehen. Niemals wieder wollte ich dieses Ungeheuer erblicken.

Zwischen den Bäumen hindurch sah ich Dads rotes T-Shirt leuchten.

Ich war fast da.

Schweiß rann mir übers Gesicht.

Ich stürzte auf die Lichtung – und vor Schreck blieb mir fast das Herz stehen. »Dad, bist du verrückt?«, rief ich aus.

12

»Dad, du machst nur Spaß, stimmt's?«

Mein Vater lehnte zufrieden lächelnd an einem Baumstamm und starrte seiner Beute in die Augen.

Seiner Beute – einem völlig normalen, traurig dreinblickenden, glatzköpfigen Mann mittleren Alters.

Der Mann stand leicht gebeugt. Er trug ein kariertes Flanellhemd und ausgebeulte Khakihosen. Seine

Hände waren mit einem Paar von Dads extraschweren Handschellen auf seinem Rücken gefesselt. Seine Beine waren an den Knöcheln ebenfalls mit schweren Fußfesseln aneinander gekettet.

Das sollte Dads Werwolf sein?

Ich schüttelte ungläubig den Kopf. Der Typ sah so aus, als könnte er keiner Fliege etwas zu Leide tun.

»Schau ihn dir an, Dad«, protestierte ich. »Er ist klein. Dick. Er trägt eine Brille. Er hat noch nicht mal Haare. Das kann doch kein Werwolf sein!«

Der Mann nickte traurig – und nieste.

»Und er hat einen Schnupfen! Werwölfe erkälten sich nicht! Komm schon, Dad. Du musst ihn freilassen.«

»Hat jemand ein Taschentuch?«, schniefte der Mann.

»Hier.« Ich wollte ihm eins reichen.

»David, nicht!«, brüllte mein Vater und schlug mir auf die Hand. »Das ist vielleicht ein Trick!«

Dad ist übergeschnappt, dachte ich. Das ist doch lächerlich.

Der kleine Mann nieste noch einmal.

»Dad, warum bist du dir so sicher, dass er der Werwolf ist?«

»Den ganzen Morgen über bin ich den Wolfsspuren gefolgt. Sie führten direkt zu seiner Hütte«, berichtete mein Vater. »Es gibt keinen Zweifel: Er ist der Werwolf!«

»Aber er sieht nicht aus wie der Werwolf!« Ich schüttelte den Kopf. »Erinner dich mal! Wir haben den Werwolf letzte Nacht gesehen. Der Typ hier sieht ihm nicht im Entferntesten ähnlich.«

»Hören Sie auf Ihren Jungen, Sir. Bitte!«, bettelte der Mann. »Lassen Sie mich gehen!«

»Werwölfe legen ihr Fell ab, wenn der Vollmond vorüber ist.« Dad schaute dem Mann tief in die Augen. »Er sieht jetzt vielleicht nicht danach aus, aber er ist ein Werwolf!«

»Nein, bin ich nicht«, beteuerte der Mann. »Ich hab's Ihnen schon hundertmal gesagt, Sie machen einen großen Fehler!«

»Achte nicht darauf, was er sagt, David.«

Normalerweise verlasse ich mich voll und ganz auf Dads Beurteilung der Lage. Aber es war sehr schwer, sich vorzustellen, dass dieser glatzköpfige Winzling sich tatsächlich in ein haariges Monster verwandeln konnte.

»Bist du ganz sicher, Dad?« Ich musterte den Mann.

Die Nachmittagssonne schien auf ihn herab. Kleine Schweißperlen glitzerten auf seinem glänzenden rosa Kopf. »Er sieht aus wie ein Buchhalter oder ein Zahnarzt oder vielleicht wie ein Augenarzt. Aber nicht wie eine Fleisch fressende Bestie.«

»Ich bin kein Werwolf. Ich schwör's«, stöhnte der kleine Mann. »Sie müssen mir glauben. Ich bin Vegetarier.«

»Er ist ein Werwolf. Da bin ich mir sicher!« Dad reckte eine Faust in die Höhe. »Mein Traum ist Wirklichkeit geworden. Ich bin der einzige Mann, der jemals einen echten, lebenden Werwolf gefangen hat.«

Dads Augen funkelten. Ich konnte mich nicht daran erinnern, ihn jemals so glücklich gesehen zu haben.

»Wir nehmen ihn mit nach Hause. Und wir bringen ihn ins Fernsehen! Wir werden die Ersten sein, die der Welt einen lebenden Werwolf zeigen.« Dad legte mir den Arm um die Schulter. »Wir werden berühmt, David. Wir werden mit diesem Biest jede Menge Geld machen. Komm jetzt!«

Mein Vater pfiff leise vor sich hin, als er seinen Rucksack vom Boden aufhob und schulterte.

»Du gehst vorne, ich hinten«, befahl Dad. »Der Werwolf geht zwischen uns.«

Dad wandte sich an seine Beute. »Und denk bloß nicht daran, uns irgendwelchen Ärger zu machen«, mahnte er. »Auf geht's.« Er gab dem kleinen Mann einen Stoß.

Der Mann stolperte vorwärts. Seine Fußketten klirrten, als er in den Wald schlurfte. »Sie machen einen großen Fehler«, jammerte er. »Ich hab Ihnen doch gesagt, dass ich ein Fallensteller bin. Mein Name ist Ben Grantley. Ich jage Bären.«

»Schon gut«, sagte Dad. »Wenn du ein Fallensteller bist, bin ich eine Balletttänzerin.« Dad lachte über seinen eigenen Scherz.

»Das können Sie nicht mit mir machen«, winselte der Mann.

Ich schaute über die Schulter zurück auf unseren Gefangenen.

Konnte dieser kleine Kerl wirklich ein Werwolf sein? Oder machte Dad gerade einen furchtbaren Fehler?

Was wird aus uns, wenn Dad sich irrt?

13

Am selben Abend gingen wir an Bord eines Schiffes, das uns nach Hause bringen sollte.

Ich weiß, ich hätte mich darüber freuen sollen. Das war der Augenblick, von dem ich immer geträumt hatte, seit wir nach Bratvia gekommen waren – der Augenblick, wenn wir den Heimweg antreten würden.

Aber da waren so viele Dinge, die sich nicht richtig anfühlten.

Mr. Grantley war immer noch in Ketten. Dad und ich hatten ihn in einen Käfig gesperrt. Doch wir brauchten Hilfe beim Verladen des Käfigs.

Die Matrosen schauten einmal kurz auf den kleinen Mann und entschieden, dass Dad verrückt sein musste. Aber Dad bestand darauf, dass Mr. Grantley ein Killer war. Er zeigte seinen Dienstausweis und schließlich willigten sie ein, ihm zu helfen. Sie brachten den Käfig für uns in den Laderaum.

Dort sollte Mr. Grantley während der langen Rückreise bleiben. Eine volle Woche im Laderaum – wo es schrecklich dunkel und feucht war.

Dad und ich teilten uns eine komfortable Kabine.

Ich ließ mich auf mein großes, weiches Bett fallen und schloss die Augen.

Immer noch sah ich die Angst in Mr. Grantleys Blick, als der Käfig in den Laderaum des Schiffes abgelassen wurde. Seine Erkältung war schlimmer geworden. Seine Augen waren wässrig und seine Nase rot. Er sah völlig verzweifelt aus und sehr verängstigt.

Der arme Kerl tat mir Leid.

Ich schaute zu Dad hinüber. Er saß am Schreibtisch und umklammerte den Telefonhörer. Er sprach mit seinem Anwalt. Sie machten große Pläne für die Ankunft des Werwolfs.

Dad war sich völlig sicher, dass Mr. Grantley ein Werwolf war. Aber sosehr ich mich auch bemühte, ihm zu glauben – ich konnte es nicht.

Während ich Dad beim Telefonieren zuhörte, schlingerte das Schiff gewaltig. Dad schien es nicht zu bemerken. Mir war schwindlig. Ich war seekrank.

Ich konzentrierte mich darauf, tief und regelmäßig zu atmen. Gleichzeitig schluckte ich mehrmals und versuchte nicht zu kotzen.

»Die See wird rau sein«, hatte uns der Kapitän schon gewarnt. »Den ganzen Weg nach Hause wird es leider so bleiben wie jetzt.«

Ich glaube nicht, dass ich es eine Woche lang auf diesem Schiff aushalten werde, dachte ich. Mir war speiübel.

»Ja, genau!«, brüllte Dad in den Hörer. »Informieren Sie die Zeitungen. Die Fernseh- und Radiosender. Richten Sie eine Website ein. Lassen Sie alle Welt wissen, was wir vorhaben!«

Lassen Sie alle Welt wissen, was wir vorhaben.

Ich konnte nicht glauben, was Dad vorhatte. Er hatte Pläne und Werbesprüche für allen möglichen Werwolfkram:

Werwolflaufschuhe: Damit rennst du allen davon.

Werwolfrosinenriegel: Das Müsli mit Biss.

Werwolf-Gutenacht-Tee: Zähme das Wilde in dir.

Werwolfvitamine: Wenn dir alles tierisch auf die Nerven geht.

»Eine Fernsehsendung?« Dad fuhr sich mit der Hand durch das dichte braune Haar. »Natürlich werden wir unsere eigene Fernsehsendung machen. Aber Realfilm. Kein Zeichentrick. Und vergessen Sie den Kinofilm nicht. Wir müssen einen Filmvertrag abschließen.«

Dad stand auf und marschierte mit dem Telefon nervös in dem kleinen Zimmer auf und ab. Er hörte zu. Nickte. Ging schneller. Sprach lauter in den Hörer.

Das Schiff schwankte.

Mein Magen schlug einen Purzelbaum.

Ich fühlte mich immer elender.

Mein Kopf tat weh.

»Ich weiß nicht«, sagte Dad gerade in den Hörer. »Warten Sie einen Augenblick.« Er wandte sich an mich. »Wie fühlst du dich? Du siehst irgendwie nicht gut aus.«

»Mir ... mir ist schlecht«, jammerte ich.

»Du bist seekrank«, sagte er. »Geh rauf an Deck. Geh ein bisschen spazieren. Atme die frische Luft ein. Das wird dir bestimmt helfen. Ich komme rauf, sobald ich fertig telefoniert habe.«

Ich wankte aus der Kabine, die unterdecks war. Ich musste einen langen Gang entlanglaufen und eine noch längere Treppe raufgehen, um nach draußen zu gelangen. Das würde ich niemals schaffen.

Das Schiff legte sich heftig von einer auf die andere Seite.

Ich stöhnte laut, als ich mich die Treppe hochkämpfte und an Deck torkelte.

Es war kalt draußen. Doch die kühle, feuchte Luft tat mir gut.

Ich atmete tief die salzige Meerluft ein.

Mein Magen beruhigte sich und auch in meinem Kopf hörte es auf sich zu drehen.

Ich lehnte mich gegen die Reling und schaute aufs Meer. Es war so dunkel, dass ich nicht den Übergang vom Meer zum Nachthimmel ausmachen konnte. Niemals zuvor hatte ich in solche Dunkelheit geblickt. Kein Mond. Keine Sterne. Ich konnte rein gar nichts erkennen.

Als würde man versuchen mit geschlossenen Augen zu sehen, schoss es mir durch den Kopf.

Während ich auf Dad wartete, blies mir ein scharfer Wind entgegen.

Das Schiff schwankte stark.

Ich umklammerte die Reling, als der Wind mit einer Kraft an mir zerrte, die ich nie für möglich gehalten hätte.

»Sturm!«, hörte ich den entfernten Schrei eines Matrosen.

Eine weitere mächtige Böe erfasste das Schiff und ließ es wild schlingern.

Eine Welle schlug über das Deck. Wasser schwappte mir über die Schuhe.

»Hilfe!«, brüllte ich und umklammerte die Reling. »Hilfe!«

Der Wind trug meinen Schrei fort.

Ich schrie noch einmal. Doch der Sturm tobte so gewaltig, dass ich kaum mein eigenes Wort verstand.

Eine weitere hohe, schwarze Welle schlug über das Deck.

Ich klammerte mich mit aller Kraft am Schiff fest.

Noch eine Welle baute sich riesig vor mir auf.

Und rollte über mich.

Kalt. So kalt und schwer.

Ich fühlte, wie ich unter der dunklen Welle begraben wurde.

Die Reling verschwand.

Und dann das Deck.

Und die Welle trug mich … trug mich in den aufgewühlten schwarzen Ozean.

14

Ich versuchte zu schreien und zu schwimmen.

Doch die gewaltige Welle zog mich davon.

Ich schloss die Augen. Bereitete mich innerlich darauf vor, von dem dunklen Wasser verschluckt zu werden.

Doch etwas hielt mich zurück.

Starke Hände. Sie umklammerten meine Fußgelenke.

Sie hielten mich fest, leisteten Widerstand gegen das brutale Zerren der Welle.

Ich spürte, wie ich immer weiter zurückgezogen wurde.

Spuckend und hustend fiel ich schließlich auf Deck.

Fast wäre ich ertrunken! Mein ganzer Körper bebte vor Kälte und dem überstandenen Schrecken.

Ich atmete tief ein und aus, versuchte mich zu beruhigen. Dann rollte ich mich auf den Rücken – und erschrak zutiefst.

»Alles in Ordnung?«, fragte Ben Grantley. Er beugte sich mit sorgenvoller Miene über mich.

»Wie … wie sind Sie rausgekommen?«, stotterte ich.

»Die Ketten hatten sich gelöst. Ich brauchte ein bisschen frische Luft. Da unten war es viel zu stickig.« Er nahm die Brille ab und versuchte die Gläser am Ärmel seines durchnässten Hemdes zu putzen. »Hätte sie fast im Wasser verloren. Ich kann rein gar nichts ohne sie sehen«, sagte er leise.

»Sie haben mir das Leben gerettet!«, sprudelte es aus mir heraus.

»Das war pures Glück«, entgegnete er. »Ich habe gesehen, wie du fast über Bord gespült wurdest. Ich griff nach deinen Beinen und zog dich zurück. Das war alles.«

Das war kaum zu glauben. Wie um alles in der Welt kann er ein Werwolf sein?, fragte ich mich.

Ich schaute in seine traurigen braunen Augen. Er hat nicht die Augen eines Wolfes. Er kann ohne Brille noch nicht einmal sehen. Dad muss sich geirrt haben, entschied ich.

»David, bist du okay?« Dad rannte, immer zwei Stufen auf einmal nehmend, die Treppe herauf. »Was machst du denn hier?«, rief Dad aus, als er Ben erblickte. Er beugte sich vor und packte Ben grob am Arm.

»Es ist alles in Ordnung, Dad«, sagte ich. »Du kannst ihn in Ruhe lassen. Er hat mir das Leben gerettet.«

»Das ist mir egal! Er ist eine gefährliche Kreatur!«, schrie Dad. »Ich will nicht, dass du in seiner Nähe bist.«

»Aber Dad, er hat mir das Leben gerettet!«, protestierte ich. »Schau ihn dir doch nur einmal an! Sieht er vielleicht gefährlich aus?«

»Er ist ein Werwolf, David«, beharrte Dad. »Ich warne dich, lass dich nicht täuschen!«

»Sie haben Unrecht«, entgegnete Ben. Er wand sich in Dads Griff. »Bitte, lassen Sie mich frei. Lassen Sie mich nach Hause zurückkehren. Wir können so tun, als sei das alles nie passiert.«

Aber Dad beachtete ihn nicht. Er zerrte Ben von mir fort. Dann rief er um Hilfe.

Ich beobachtete, wie Dad und zwei Matrosen unseren Gefangenen wieder in den Laderaum brachten. »Wir brauchen zusätzliche Ketten«, hörte ich Dad noch sagen, während ich die Treppe zu unserer Kabine hinunterging.

Ich zog eine trockene Jeans und ein graues Sweatshirt an. Dann setzte ich mich auf mein Bett und schaute durch das Bullauge.

Ich blickte auf die wogenden Wellen. Spürte, wie sie gegen die Schiffsseite schlugen.

Mein Magen hob sich mit den Wellen und mir wurde wieder flau. Ich schaute hinauf in den Nachthimmel. Die dunklen Wolken hatten sich verzogen. Eine Mondsichel stand über dem schwankenden Schiff.

Mir wurde schwindlig.

Meine Schulter pochte vor Schmerz.

Plötzlich kam mir in den Sinn, dass ich Dad nie davon erzählt hatte, dass der Werwolf mich gebissen hatte. Ich wollte nicht, dass er sich aufregte. Aber jetzt tat es wirklich weh. Vielleicht hätte ich es ihm besser doch sagen sollen.

Ich fuhr mir mit der Hand unters Sweatshirt. Fing an mir die Schulter zu massieren – und erschrak.

Mit einem Satz war ich aus dem Bett und im Badezimmer.

Ich zog mir das Sweatshirt über den Kopf und starrte in den Spiegel.

»Was ist das?«, schrie ich entsetzt.

Meine Schulter war rot und angeschwollen – und von einem Ekel erregenden Stück dichtem schwarzen Fell bedeckt.

15

Verzweifelt rubbelte ich an meiner Schulter herum und versuchte das Fell wegzukriegen.

Ohne Erfolg.

Ich ergriff das Haarbüschel und versuchte es auszureißen.

»Autsch!« Auch das hatte keinen Erfolg.

Was ist hier los?, fragte ich mich und betrachtete ungläubig das hässliche schwarze Fell. Dann zog ich mir wieder das Sweatshirt über, weil ich den Anblick meiner behaarten Schulter nicht ertrug. Ich kam gerade aus dem Badezimmer, als Dad in die Kabine trat.

»Äh, Dad. Ich muss dir was zeigen.«

»Einen Augenblick.« Dad pellte sich aus seiner tropfnassen gelben Regenjacke. Er ging ins Bad und hängte sie über der Wanne auf.

»Dad …«, fing ich wieder an.

»Einen Augenblick noch, David!« Er setzte sich an den Schreibtisch und griff nach dem Telefon. »Ich muss kurz mal eben telefonieren.«

Zwanzig Minuten später war Dad noch immer am Telefon und redete mit seinem Anwalt.

»Vergessen Sie MacWerwolf-Burger. Das ist keine gute Idee«, hörte ich ihn sagen. »Oh, haben Sie eigentlich schon Kontakt zu diesen Leuten von der Spielwarenfirma aufgenommen? Haben die schon mit dem Design für Wolfi angefangen?«

Meine Schulter brannte und juckte. Ich fuhr mir mit der Hand unters Sweatshirt und kratzte mich.

»Dad, ich muss dich ganz kurz sprechen«, flüsterte ich.

»Ja, gleich.« Dad machte mir ein Zeichen, ich solle ihn in Ruhe lassen.

Ich krabbelte ins Bett, zog mir die Bettdecke bis zum Kinn und beobachtete Dad beim Telefonieren. Er wirkte lebhaft und munter. Seit Jahren hatte ich ihn nicht so glücklich gesehen.

Vielleicht sollte ich ihm nichts von meiner Schulter sagen, beschloss ich. Es bleibt mein Geheimnis. Ich will ihm nicht den Spaß verderben.

Außerdem, es ist ja nur ein kleines Haarbüschel, nicht wahr?

Keine große Sache.

2. Teil

16

Ich – David Freidus – wohne in einer Kleinstadt, in einem sehr kleinen Haus. Die meisten meiner Freunde wohnen in großen Häusern mit einem Obergeschoss. Wir haben kein Obergeschoss. Wir haben vier kleine Zimmer – eine Küche, ein Wohnzimmer und zwei Schlafzimmer. Sie sind alle im Erdgeschoss und nur wenige Schritte voneinander entfernt.

Unsere Küche ist so klein, dass wir den Kühlschrank im Wohnzimmer aufstellen mussten. Und unser Wohnzimmer ist so klein, dass gerade einmal ein winziges Sofa und Dads Schreibtisch hineinpassen – und der Kühlschrank.

Aber in unserem Haus gibt es etwas, das keiner meiner Freunde zu Hause hat. In der Mitte unseres sehr kleinen Wohnzimmers steht ein großer Käfig.

Und in dem Käfig ist ein Werwolf.

Ich – David Freidus – lebe mit einem Werwolf im Wohnzimmer.

Bevor wir nach Bratvia fuhren, um dort einen Werwolf einzufangen, hielten nur meine Freunde Dad für verrückt. Doch jetzt weiß die ganze Welt vom Werwolf in unserem Wohnzimmer. Und jetzt hält die ganze Welt Dad für verrückt.

Und was glaube ich?

Ist Ben Grantley, der kleine glatzköpfige Kerl im Käfig in unserem Wohnzimmer, wirklich ein Werwolf?

Keine Ahnung. Ich weiß es wirklich nicht.

»Bitte, bitte, David. Bitte lass mich zu dir kommen und den Werwolf angucken.«

Jeden Tag nach der Schule bettelte Alice, meine beste Freundin, darum, rüberkommen zu dürfen, um den Werwolf anzuschauen. Aber Dad wollte nicht, dass irgendjemand den Werwolf vor morgen Abend sah.

Morgen Abend wird Vollmond sein.

»Morgen Abend«, hatte Dad aller Welt verkündet, »morgen Abend werden Sie gebannt miterleben, wie ein völlig normaler Mann sich in eine knurrende, haarige, Fleisch fressende Bestie verwandelt.«

Dad war nicht der Einzige, der verhindern wollte, dass irgendjemand Ben vor dem großen Tag sah.

Ich wollte es auch nicht.

Aber Alice gab nicht auf.

»Ich mach eine Woche lang deine Hausaufgaben. Nein, ein Jahr lang. Zehn Jahre!«

»Vergiss es, Alice.«

»Ich räum ein Jahr lang dein Zimmer für dich auf. Nein, ich putz euch das ganze Haus. Das ganze Haus und die Hundehütte.«

»Wir haben keinen Hund.«

»Wenn ihr einen hättet, dann würde ich seine Hütte sauber machen. Bitte, zeig mir den Werwolf. Bitte, bitte, bitte. Ich will ihn als Erste sehen. Bitte!«

»Gib's auf, Alice.«

»Wenn du ihn mir nicht zeigst, dann werde ich nie mehr mit dir sprechen. Das kannst du mir glauben. Ohne Scheiß. Ist mein voller Ernst.«

»Alice, halt die Klappe!«

»Ich halt die Klappe, wenn du ihn mir zeigst. Dann bin ich still. Kein Wort werd ich sagen.«

Klar doch, dachte ich.

Alice hält nie die Klappe. Sie redet viel zu viel. Irgendwie ist fast alles an Alice viel zu viel.

Sie hat eine wilde blonde Mähne, die ihr bis zur Taille reicht. Sehr viele Haare und sehr lockig. Trotzdem macht sie auch noch irgendwas damit, dass es nach noch mehr aussieht. Sie ist richtig groß – mindestens einen Kopf größer als ich –, aber sie trägt Schuhe mit Plateausohlen, die sie noch größer wirken lassen.

Ihre Kleider sind auch zu viel. Sie mag den Zwiebellook. Und bei Alice heißt das: viele, viele Lagen übereinander.

An diesem Tag trug sie ein rotes, kurzärmeliges T-Shirt. Darüber ein langärmeliges, knallgelbes Sweatshirt mit V-Ausschnitt. Darüber wiederum ein orangefarbenes Sweatshirt mit U-Ausschnitt, bei dem sie die Ärmel abgeschnitten hatte. Sie achtet immer darauf, dass auch ja alle Farben zu sehen sind. Über ihren roten Leggins trug sie orangefarbene Boxershorts. Wenn sie gleichzeitig zwei Paar Schuhe tragen könnte, dann würde sie das tun. Aber das geht ja nicht. Also hat sie einen lila Turnschuh an und einen schwarzen. An jedem ihrer Finger trägt sie einen Silberring. Und drei Ohrringe in jedem Ohr.

Ich sagte doch: einfach zu viel von allem.

Aber sie ist meine beste Freundin. Was hätte ich also tun sollen? Ich musste ihr den Werwolf zeigen.

»Wann kann ich ihn sehen?«, bettelte Alice, als wir nach der Schule nach Hause gingen. »Ich tu alles für dich. Wünsch dir irgendwas. Ich tu's. Kann ich ihn also sehen?«

»Komm jetzt mit mir nach Hause und ich zeig ihn dir. Okay?«

»Nein«, sagte sie.

»Was?«

»Ich muss erst nach Hause und mit Madame Colette Gassi gehen. Dann komm ich zu dir rüber.«

Madame Colette ist Alices Zwergpudel. Alice liebt ihren Hund über alles. Sie behauptet, Madame Colette sei so schön, dass sie die hiesige Hundeschau gewinnen werde.

Um die Wahrheit zu sagen: In meinen Augen sieht der Hund wie eine flauschige Ratte aus.

Nachdem Alice mit ihm Gassi gegangen war, kam sie zu uns rüber.

»Das ist er?« Sie schob mich aus dem Weg und ging schnurstracks ins Wohnzimmer. Ihre großen blauen Augen wurden noch größer, als sie um den Käfig herumging. Sie musterte Ben Grantley von allen Seiten.

Mr. Grantley saß im Schneidersitz auf dem Boden des Käfigs, mit hängendem Kopf. Er schaute kurz auf, lächelte Alice scheu an und blickte dann wieder zu Boden.

»Aber David. Das ist ein ganz normaler Mann. Wie könnt ihr ihn nur gefangen halten? Das ist schrecklich. Widerlich. Ekelhaft. Es ist …«

»Dad hat ihn gefangen«, sagte ich bloß. »Er ist ein Werwolf.«

Alice behauptete weiterhin, dass Ben kein Werwolf sei. Ich behauptete weiterhin, dass er einer sei.

Was hätte ich sonst sagen können?

Ich glaubte nicht wirklich, dass Ben ein Werwolf war. Aber ich wollte nicht, dass Alice mich für jemanden hielt, der es seinem Vater erlauben würde, einen ganz normalen Menschen mitten im Wohnzimmer in einem Käfig einzusperren.

»Ich weiß ja nicht, David …« Sie ging nahe zu den Gitterstäben.

Bevor ich eine Ahnung hatte, was sie vorhatte …

Bevor ich sie davon abhalten konnte …

… schob Alice ihre Hand zwischen den Gitterstäben hindurch.

Ben sprang auf.

»Nein, Alice! Nicht anfassen!«, rief ich. »Zurück!«

17

»Reg dich ab, David! Ich geb ihm doch nur einen Schokoriegel. Sieh ihn dir an. Er ist am Verhungern. Wann habt ihr ihm zum letzten Mal was zu essen gegeben?«

»Dad hat ihm heute Morgen bestimmt sein Frühstück gegeben. Glaub ich zumindest«, murmelte ich.

»Vielen Dank«, sagte Ben sanft. Er nahm Alice den Schokoriegel aus der Hand und wickelte ihn aus. »Ich heiße Ben. Ich bin kein Werwolf«, erzählte er ihr. »Die beiden haben einen großen Fehler gemacht.«

Alice starrte mich durchdringend an. »Dein Vater ist verrückt. Völlig wahnsinnig!«, schrie sie.

»Reg dich ab!«, brüllte ich zurück.

»Das ist mein voller Ernst«, beharrte Alice. »Dein Vater ist total übergeschnappt.«

Dann sagte sie nichts mehr. Sie drehte sich auf dem Absatz um und stürmte aus dem Haus.

Mein Blick fiel auf Ben, der, in sich zusammengesunken, in der Ecke seines Käfigs saß. Er nahm einen kleinen Bissen von dem Schokoriegel. Dann starrte er wieder ins Leere.

Er sah schrecklich aus.

Und ich fühlte mich schrecklich bei seinem Anblick.

Einige Minuten später hörte ich ein Klopfen an der Tür. Es waren die Leute vom Fernsehen. Sie waren gekommen, um die Übertragung über Satellit vorzubereiten, damit am nächsten Abend die ganze Welt dabei sein konnte, wenn Ben sich in einen Werwolf verwandelte.

Die Männer verlegten Leitungen von unserem Wohnzimmer zum Dach. Ich hörte, wie zwei von ihnen lachten. »Der Typ ist unmöglich ein Werwolf!«, sagte der eine kichernd.

»Der Sheriff ist total übergeschnappt«, erwiderte sein Partner kopfschüttelnd.

Ben ließ sie nicht aus den Augen. Nervös lief er in seinem Käfig auf und ab. Schweißperlen bildeten sich auf seiner rosa Glatze.

Was haben wir dem armen Kerl nur angetan?, dachte ich. Das kann nicht richtig sein. Alice und die Leute vom Fernsehen haben Recht. Dad hat einen furchtbaren Fehler gemacht.

Aber was kann ich da tun? Was kann ich schon tun?

Am nächsten Tag wollte ich nach der Schule nicht nach Hause gehen. Ich wollte Ben nicht sehen. Ich wollte ihm nicht in seine traurigen Augen blicken. Ich wollte nicht zuschauen, wie er in seinem Käfig auf und ab lief.

Aber ich musste nach Hause. Ich hatte Dad versprochen, ihm bei den Vorbereitungen für die Sendung zu helfen.

Ich werde einfach nicht ins Wohnzimmer gehen, beschloss ich, als ich ins Haus trat. Ich werde geradewegs in mein Zimmer gehen.

Leise zog ich die Haustür hinter mir ins Schloss und machte mich auf den Weg in mein Zimmer.

»David, bist du das?«, rief Ben sanft.

Ich seufzte. »Ja, ich bin's.« Ich ging ins Wohnzimmer, um nach ihm zu sehen.

»David, bitte hör mir zu.« Ben stand auf und presste sein feistes Gesicht gegen die Gitterstäbe. »Ich bin kein Werwolf. Dein Vater hätte sich mit der Forstbehörde in Verbindung setzen sollen. Sie hätten ihm die Wahrheit gesagt. Mein Name ist wirklich Ben Grantley und ich habe ein Lizenz als Fallensteller.«

»Es tut mir Leid.« Ich schüttelte den Kopf. »Ich kann nichts daran ändern.«

Ich stellte meinen Schulranzen ab, beugte mich darüber und suchte nach etwas. »Hier. Ich habe Ihnen einen Schokoriegel mitgebracht.«

»Woher hast du das?«, fragte Ben, als ich mich wieder aufrichtete.

»Aus dem Laden.«

»Nein. Das da.« Ben deutete auf den Werwolfszahn, der unter meinem T-Shirt hervorgekommen war. »Das Zeichen des Werwolfs.«

»Ich nehme mal an, dass Sie ihn mir gegeben haben, als Sie ein Wolf waren.«

Ben starrte auf den Zahn. »Nein, habe ich nicht, David. Ich habe vorher noch nie einen gesehen. Nur davon gehört. Der Werwolf hat ihn dir gegeben. Nicht ich. Ich bin nur ein einfacher Fallensteller.«

»Was wissen Sie sonst noch darüber?«, fragte ich.

»Nichts.« Ben zuckte die Achseln.

Ich reichte ihm den Riegel durch die Gitterstäbe hindurch.

»Du musst mir helfen!« Er ließ den Riegel auf den Boden fallen.

»Es tut mir Leid«, entschuldigte ich mich noch einmal. »Ich wollte wirklich, ich könnte. Aber es ist zu spät.«

»Es ist nicht zu spät«, widersprach er. »Willst du, dass dein Vater sich völlig zum Narren macht? Er wird sein ganzes Leben ruinieren und das vor aller Welt – wenn du ihm nicht hilfst.«

»Aber was kann ich tun?«

»Lass mich frei. Ich verspreche dir, David, du wirst froh sein, wenn du es getan hast. Bitte – lass mich frei. Tu deinem Vater einen großen Gefallen. Öffne den Käfig und lass mich frei.«

Ich starrte ihn durch die Gitterstäbe an, sah die Verzweiflung in seinen Augen.

Soll ich ihn wirklich freilassen?, fragte ich mich. Soll ich?

In meinem Kopf wirbelten die Gedanken durcheinander.

Er hat mir an Bord des Schiffes das Leben gerettet. Ich schulde ihm was. Er ist kein Werwolf. Er kann kein Werwolf sein! Ich will nicht, dass Dad sich vor aller Welt lächerlich macht.

Ich griff in die oberste Schublade unserer Kommode und fand den Schlüssel zum Käfig.

Dann führte ich den Schlüssel ins Schlüsselloch und öffnete die Tür.

18

»Danke! Vielen Dank!« Ben sprang aus dem Käfig. »Du wirst es nicht bereuen, David!«, rief er. »Du hast genau das Richtige getan, du wirst schon sehen.«

Er umarmte mich und rannte aus dem Haus.

Eine Stunde später hörte ich, wie Dads Wagen in unsere Einfahrt einbog.

Ich rannte zur Haustür, um ihn zu begrüßen.

»Alles fertig für die große Nacht?«, fragte Dad und strahlte übers ganze Gesicht.

»Äh, Dad. Ich muss dir was sagen.«

»Klar. Lass uns ins Wohnzimmer gehen«, sagte er.

»Warte.« Ich ergriff seinen Arm. »Geh da noch nicht rein!«

»Was ist denn passiert?« Dad starrte mich an.

»Ich … ich habe Ben freigelassen«, gestand ich.

»Du hast was?« Dad wirbelte herum und war mit einem Satz im Wohnzimmer. Ungläubig schaute er auf den leeren Käfig. »Wie konntest du das nur tun?«, fragte er. Er rannte unruhig im Zimmer auf und ab.

»Er … er tat mir Leid«, murmelte ich. »Und … und

ich wollte nicht, dass du einen großen Fehler machst. Alle lachen schon über dich, Dad.«

»Ist dir eigentlich klar, was du da getan hast?« Dad baute sich vor mir auf. »Du hast einen Werwolf freigelassen!« Er brüllte so laut, dass die Adern an seinem Hals hervortraten. »Hast du eine Vorstellung davon, was er heute Nacht tun wird, David? Er wird sich in einen Wolf verwandeln und unschuldige Menschen töten – und du bist daran schuld!«

»Aber Dad!«

»Kein Wort mehr!«, tobte er. »Und ich will dich auch nicht mehr sehen! Ab in dein Zimmer!«

Gehorsam ging ich in mein Zimmer und warf mich aufs Bett. Ich hab das Richtige getan, sagte ich mir.

Aber wird Dad mir jemals verzeihen?

»Ganz richtig!«, hörte ich Dad im Wohnzimmer in den Telefonhörer brüllen. »Der Werwolf ist entkommen. Setzen Sie alle unsere Polizisten ein. Sie müssen die Gegend durchkämmen. Wir müssen ihn noch vor Sonnenuntergang finden!«

Dad sprach mit seiner Einheit mit eingeschaltetem Lautsprecher. Ich konnte einige seiner Kollegen im Hintergrund lachen hören.

»Sind Sie sicher, dass wir das tun sollen, Sir?«, fragte

einer. »Sind Sie mit der ganzen Werwolfsache nicht ein bisschen zu weit gegangen?«

»Stellen Sie keine Fragen!«, schrie Dad ins Telefon. »Tun Sie einfach, was ich angeordnet habe!« Ich hörte ihn im Zimmer umherrennen, Türen schlagen und noch ein bisschen am Telefon toben.

Ich weiß, dass ich Recht habe. Ben ist kein Werwolf, sagte ich mir ein ums andere Mal.

Warum war mir dann auf einmal so übel?

Ich hatte Kopfweh und fühlte mich merkwürdig schwerelos. Ich schloss die Augen.

»Rufen Sie die Feuerwehr an!«, befahl Dad. »Die sollen auch suchen. Wir brauchen jede Hilfe, die wir bekommen können.«

Während Dad weiter in den Hörer brüllte, schlief ich ein. Als ich wieder erwachte, war es draußen dunkel.

Ich setzte mich auf. Um mich herum drehte sich alles.

Was stimmt bloß nicht mit mir?, wunderte ich mich. Vielleicht brauch ich nur etwas zu essen. Hab das Abendessen verpasst.

Ich kletterte aus dem Bett, ging an meinem Spiegel vorbei – und schrie auf.

Dichtes schwarzes Fell spross in meinem Gesicht, an meinen Armen, meinen Beinen. Auch an meiner Wolfsschnauze und an meinen riesigen Pfoten.

Ich zog die Lippen zurück und erschrak. Ich hatte blitzende Reißzähne.

»Ich bin ein Werwolf!«, stöhnte ich auf.

Bevor ich mich daran hindern konnte, war ich zum Fenster gelaufen und hinausgesprungen. Ich landete auf allen vieren.

Dann rannte ich los.

Ich rannte durch unseren Hintergarten.

Rannte die Straße entlang.

Rannte und rannte ... der Luftzug fühlte sich wunderbar kühl auf meinem heißen Fell an.

Es tat gut, so zu rennen.

Ich lief durch die Dunkelheit ... und meinte immerzu weiterrennen zu können.

19

Ich öffnete die Augen. Und machte sie schnell wieder zu, weil die Morgensonne so grell war.

Wo bin ich?

Langsam öffnete ich wieder die Augen und blickte mich erschöpft um.

Warum liege ich auf dem Fußboden? Bin ich aus dem Bett gefallen?

Ich stand auf, reckte mich und gähnte lange.

Ich war so müde, als hätte ich kein Auge zugetan.

Ich hätte am liebsten weitergeschlafen, aber ich wusste, dass Dad mir dann böse wäre. Also ging ich gähnend und mich reckend in die Küche, um Frühstück zu machen.

Ich goss mir ein Glas Orangensaft ein und füllte eine Schüssel mit Toppas. Dann setzte ich mich hin. Der Fernseher in der Küche war eingeschaltet.

»Zwei Frauen und ein Mann wurden angegriffen, als sie letzte Nacht dieses Gebäude hier verließen.« Der Reporter zeigte auf das Kino hinter sich. »Die beiden Frauen befinden sich nach dem bösartigen, brutalen Angriff noch im Krankenhaus.«

Ein bösartiger, brutaler Angriff?

In unserer kleinen Stadt?

Was soll das heißen?, fragte ich mich. Ich starrte auf den Bildschirm.

»Diese Frau hat das Ganze beobachtet.« Der Reporter wandte sich einer blonden Frau Mitte zwanzig zu.

»Es war ein wildes, wolfsartiges Wesen!« Die Stimme der Frau bebte. »So etwas habe ich noch nie gesehen. Es war absolut Grauen erregend.«

»Ein wildes, wolfsartiges Wesen? O nein!«, stöhnte ich.

Ich beugte mich über den Tisch, um den Bildschirm besser zu sehen. »Was ist mit dem dritten Opfer? Sag schon!«, schrie ich den Bildschirm an. »Bitte!«, flehte ich. »Sag nicht, dass er tot ist.«

»Das dritte Opfer ...«

Ich hielt den Atem an.

»... kam mit ein paar Kratzern davon.«

Mir entfuhr ein langer Seufzer der Erleichterung.

»Auch aus dem übrigen Stadtgebiet sind Meldungen eingegangen«, fuhr der Reporter fort. »Die Bestie platzte in die Hundeschau in der Stadthalle und fiel einige Hunde an.«

»Was habe ich bloß getan?«, jammerte ich. »Ich bin an allem schuld. Ben hat mich angelogen. Ich habe den Werwolf losgelassen.«

Ich schaltete den Fernseher aus. Ich wollte nichts mehr hören.

»Ben ist wirklich ein Werwolf«, jammerte ich. »Dad hatte Recht. Ich hätte ihm glauben sollen.«

Mir drehte sich der Magen um. Ich zitterte am ganzen Körper.

Und jetzt?, fragte ich mich.

Dad wird mir nie vergeben.

Die ganze Welt wird mir niemals vergeben.

Ich trottete in mein Zimmer und schloss die Tür. Hier wollte ich mich für alle Zeit verstecken.

Ich warf einen Blick auf den Fußboden, wo die Sachen, die ich am Vortag angehabt hatte, noch verstreut herumlagen. Angewidert trat ich gegen die Kleidungsstücke. Sie landeten unterm Bett.

»Toll gemacht, David.« Ich schüttelte den Kopf. »Jetzt musst du darunter kriechen und sie wieder rausholen.«

Ich legte mich flach auf den Bauch, kroch unter das Bett und zog die Sachen hervor.

Ich hob sie auf und schrie auf.

Meine Jeans und das T-Shirt waren zerfetzt – und voller Blut.

20

»Was habe ich getan?« Ich starrte entsetzt auf meine blutige Kleidung.

Ich schloss die Augen und versuchte mich zu erinnern, wo ich letzte Nacht gewesen war. Was ich getan hatte.

Ich erinnerte mich, dass es mir nicht gut gegangen war. Dann war ich irgendwann eingeschlafen.

»O nein!«, stöhnte ich, als mir wieder einfiel, wie ich in meinen Spiegel gesehen hatte. Ich erinnerte mich an die behaarte Bestie, die aus dem Spiegel zurückgeschaut hatte. Erinnerte mich, wie ich aus dem Zimmerfenster gesprungen war.

Schnell warf ich einen Blick auf das Fenster.

Ja – es stand weit offen.

Jetzt hatte ich wieder alles klar vor Augen. Mein fellbedeckter Körper. Das Laufen auf allen vieren.

»Ich bin der Werwolf!« Meine Knie wurden weich. »*Ich* habe letzte Nacht diese Leute und die Hunde angegriffen!«

Ich setzte mich auf mein Bett und dachte an jene seltsame Nacht im Wald zurück, als mich der Werwolf gebissen hatte.

Er hat mich zu einem Werwolf gemacht, wurde mir klar. Ich schüttelte fassungslos den Kopf.

»Deshalb also hat die Bestie den Zahn bei mir gelassen. Es ist das Zeichen des Werwolfs. Und das bin ich. Ich bin ein Werwolf.«

Mir krampfte sich der Magen zusammen.

Ben hat die Wahrheit gesagt, ging es mir durch den Kopf. Ich habe diese ganzen schrecklichen Dinge letzte Nacht getan – nicht Ben.

Ich stand auf und sah in den Spiegel.

Kein Fell zu sehen. Keine Pfoten.

Ich bleckte die Zähne. Keine Reißzähne. Ich seufzte erleichtert. Aber der Mond …

»Heute Nacht ist wieder Vollmond.« Ich atmete tief durch.

Irgendjemand muss mir helfen!

Irgendjemand muss mich einsperren. Ich darf nicht raus. Ich will nicht noch mehr Leute verletzen.

»Dad! Dad!« Ich rannte aus meinem Zimmer, um meinen Vater zu suchen. »Dad – hör mir zu!« Ich platzte ins Wohnzimmer. »Ich bin der Werwolf! Nicht Ben! Ich!«

21

Das Wohnzimmer war leer.

»Dad? Bist du da?«

Keine Antwort. Doch ich entdeckte einen gelben Zettel auf dem Schreibtisch. Eine Nachricht von Dad.

Lieber David,
der Werwolf hat letzte Nacht zugeschlagen. Musste zur Wache, um die Lage zu besprechen. Weiß nicht, wann ich wieder zurück sein werde. Komm nach der Schule gleich nach Hause. Und bleib heute Abend daheim!
Alles Liebe,
dein Dad

»Und was mach ich jetzt?«, stöhnte ich.

Ich werde mich in meinem Zimmer einschließen, entschied ich. Ich werde dafür sorgen, dass ich auf gar keinen Fall rauskomme. So kann ich niemandem etwas tun.

Ich beschloss, nicht zur Schule zu gehen. Ich musste für den Abend noch zu viel vorbereiten.

Ich zog mich schnell an und lief zum Heimwerkermarkt. Dort kaufte ich jede Menge Nägel, Holzbretter und extrastarkes Seil. Dem Ladenbesitzer erzählte ich, dass das Zeug für meinen Vater wäre. Er erklärte sich bereit, alles bis Mittag zu uns nach Hause zu liefern.

Ich brauchte den ganzen Nachmittag, um die Fenster von meinem Zimmer zu vernageln. Ich war gerade dabei, den letzten Nagel einzuschlagen, als das Telefon klingelte. Es war Alice.

»Ich kann es nicht fassen!«, rief sie. »Dieser kleine Kerl in eurem Käfig – er ist wirklich ein Werwolf. Dein Vater spinnt doch nicht!«

Ich brachte es nicht fertig, Alice die Wahrheit zu sagen. Ich konnte ihr nicht sagen, dass ich der Werwolf war.

»Wie ist das Monster überhaupt rausgekommen?«, fuhr sie fort.

»Ich habe ihn herausgelassen.«

»Du hast was?«, kreischte sie. »Bist du verrückt?«

»Was regst du dich so auf? Du hast mir doch schließlich gesagt, dass er mit Sicherheit kein Werwolf wäre. Du wolltest, dass ich ihn freilasse!«, brüllte ich zurück.

»Das war vor der Hundeschau!«, jammerte sie. »Bevor er Madame Colette gefressen hat!«

»Ooohh«, stöhnte ich leise.

Anscheinend hatte ich in der vergangenen Nacht Madame Colette gefressen. Den Hund meiner besten Freundin!

»Ich ... ich muss gehen, Alice. Mir ist schlecht.« Ich legte auf und begann zu würgen.

Ich kämpfte damit, mein Frühstück bei mir zu behalten, während ich in mein Zimmer wankte. Dort überprüfte ich die Fenster und versicherte mich, dass sie fest vernagelt waren.

Dann vernagelte ich meine Zimmertür. Zu guter Letzt wand ich mir noch ein extrastarkes Seil um die Taille und band mich an der Kommode fest.

Das müsste reichen! Das wird ganz sicher verhindern, dass ich heute Nacht irgendjemanden angreife.

Hoffe ich zumindest.

22

Ich saß auf meinem Bett, schaute aus dem Fenster und wartete.

Langsam ging die Sonne unter.

Als aus der Dämmerung Nacht wurde, ging der Vollmond auf. Ich fühlte, wie meine Haut zu prickeln begann. Und dann zu brennen.

Ich blickte in den Spiegel. Dunkler Pelz spross auf meiner Haut.

Mein Rücken und mein Brustkorb begannen zu zucken. Ich konnte sehen, wie sich immer mehr Muskeln bildeten und mein T-Shirt spannten. Schließlich zerriss meine Kleidung und ein scharfer Schmerz durchfuhr meinen Körper.

Als Nächstes verschoben sich die Knochen in meinem Gesicht. Sie formten sich zu einem Schädel, halb von einem Menschen, halb von einem Wolf.

Vor Qual kniff ich fest die Augen zusammen. Dann stieß ich ein Jaulen aus, als blitzartig Reißzähne aus meinem Kiefer schossen.

Ein stechender Schmerz fuhr in meine Hände und Füße. Voller Entsetzen sah ich, wie meine Finger und

Zehen schrumpften und zu Pfoten wurden. Rasiermesserscharfe Krallen traten durch meine heiße Haut.

Ich glühte fiebrig.

Und hatte plötzlich Heißhunger.

Mit fürchterlichem Gebrüll packte ich das Seil um meine Taille und riss es mit bloßen Händen entzwei. Ungestüm wie ein wildes Tier zerrte ich die Planken von meiner Tür.

Und dann rannte ich.

Rannte aus dem Haus.

Rannte auf allen vieren durch die kühle Nacht.

Ich suchte blutdürstig und rasend vor Hunger nach frischem Fleisch.

23

Meine scharfen Wolfsaugen entdeckten sie mühelos – ein Pärchen. Sie standen an einer Ecke im Schatten einer Eiche und unterhielten sich. Arglos.

Ich wusste, wer sie waren. Sie gingen in dieselbe Schule wie ich, in die sechste Klasse.

Ein überwältigender Hunger überkam mich.

Ich hatte den Duft ihrer Haut in der Nase. Beinahe konnte ich ihr warmes, weiches Fleisch schmecken. Ich leckte mir mit der Zunge über die triefenden Reißzähne.

Sie spazierten ein Stückchen.

Ich verfolgte sie im Schutz der Dunkelheit.

»Hast du das gehört?« Der Junge blieb plötzlich stehen, drehte sich um und blickte in meine Richtung.

Schnell duckte ich mich hinter eine hohe Hecke.

Die beiden gingen weiter. Alle paar Schritte sahen sie sich um. Sie beschleunigten ihr Tempo.

Ich roch den Schweiß auf ihrer Haut und ihre Angst.

Mein Hunger widerte mich an. Aber gleichzeitig trieb er mich vorwärts. Ich hatte keine Kontrolle mehr über mich. Ich musste etwas fressen – und zwar sofort!

Sie blieben wieder stehen und schauten sich um.

»Ich glaube, wir werden verfolgt«, sagte der Junge nervös.

»Ich weiß«, bestätigte das Mädchen. »Ich habe dasselbe Gefühl. Es ist so unheimlich.« Sie erschauerte.

»Komm. Mir gefällt das gar nicht.« Der Junge griff nach der Hand des Mädchens.

Die beiden rannten los.

Knurrend kam ich aus dem Schatten hervor und sprang in großen Sätzen auf sie zu.

Sie fuhren herum und blickten mich an.

Entsetzt rissen sie die Augen weit auf.

Das Mädchen schrie.

»Der Werwolf!«, entfuhr es dem Jungen. Er nahm das Mädchen fest beim Arm und sie rannten wieder los.

Ich lief ihnen hinterher.

»Da ist er! Der Werwolf! Fangt ihn!«, hörte ich hinter mir Rufe.

Ich drehte mich um und sah einen Polizeiwagen. Zwei Polizisten streckten gestikulierend und rufend die Köpfe aus den Fenstern. Aus dem hinteren Seitenfenster kam noch ein Kopf hervor. Es war mein Vater.

»Rufen Sie Verstärkung!«, befahl er. Dann stürzte er aus dem Wagen und begann mich zu jagen.

»Die Bestie wurde gesichtet. Wird durch eine Einheit verfolgt«, quäkte eine aufgeregte Stimme aus dem Funkgerät des Polizeiwagens.

Ich legte einen Zahn zu.

Da flogen die Wagentüren auf, die beiden Polizisten sprangen heraus und beteiligten sich an der Jagd.

»Er entkommt uns!«

»Schneidet ihm den Weg ab!«

Ihre verzweifelten Rufe hallten mir in den Ohren.

Keuchend lief ich auf allen vieren. Mein Herz klopfte bis zum Zerspringen. Ich rannte schneller, als ich je für möglich gehalten hätte.

Ich kam an eine Kreuzung und jagte über die Straße. Plötzlich hörte ich Sirenengeheul. Als ich mich zu dem Geräusch umwandte, sah ich das wütende Flackern eines Blaulichts.

»Schneller, schneller«, feuerte ich mich selbst an.

Hinter mir wurden Schritte laut. Sie kamen immer näher.

Ich flüchtete mich auf den Schulhof.

»Jetzt haben wir ihn!«, sagte die aufgeregte Stimme meines Vaters. Und dann hörte ich das metallische Klappern des Tores, das geschlossen wurde.

Ich blieb mitten auf dem Hof stehen und drehte mich um. Auf der Innenseite des Tores standen ein paar Polizisten nebeneinander. Draußen kamen jede Menge Polizeiwagen mit quietschenden Reifen zum Stehen. Ihre Scheinwerfer tauchten den Schulhof in ein gleißendes Licht.

Ich blinzelte in die Helligkeit.

Mein Vater trat einen Schritt vor.

Langsam kam er auf mich zu.

»Du bist umzingelt. Jeder Fluchtversuch ist zwecklos«, sagte er. »Es ist vorbei.«

24

»So ist es gut. Bleib genau dort stehen.« Dad kam immer noch auf mich zu. Die übrigen Polizisten am Tor rührten sich nicht und beobachteten uns schweigend.

Ich stand inmitten des grellen Scheinwerferlichtes und starrte wie gebannt auf Dad.

Dann hörte ich jemanden atmen. Hinter mir.

Ich wirbelte herum. Zu spät!

Während Dad von vorne auf mich zugekommen war, hatten sich einige Polizisten von hinten an mich herangeschlichen.

»Ich hab ihn!«, schrie einer von ihnen, während er einen Satz auf mich zu machte. Er umklammerte meine Taille und rang mich zu Boden.

Ich stieß ein markerschütterndes Heulen aus. Dann

warf ich den Kopf herum und versuchte meine Zähne in den Arm des Polizisten zu graben.

Leider verfehlte ich ihn.

Aber der Polizist war so überrascht, dass er seine Umklammerung lockerte.

Mittlerweile stürmten von vorne und hinten alle Polizisten mit hoch erhobenen Gummiknüppeln auf mich zu.

Hektisch blickte ich nach rechts und links.

Kein Ausweg!

Keine Chance zu entkommen. Es sei denn, ich würde über den Metallzaun springen.

Wild knurrend rannte ich auf den Zaun zu, duckte mich auf die Hinterbeine und stieß mich mit aller Kraft vom Boden ab.

Der Zaun klapperte metallisch unter meinem Gewicht, als ich hochkletterte.

Als ich oben ankam, begann der Zaun wild zu schwanken. Ich schwankte mit ihm. Fast fiel ich herunter.

Ich sah zu Boden.

Polizisten hatten den Zaun gepackt und rüttelten an ihm. Sie versuchten mich herunterzuschütteln.

Ich sprang auf der anderen Seite hinunter auf das

Schuldach. Dort griff eine andere Gruppe von Polizisten mich an.

O nein! Dad hatte auch hier Leute postiert.

»Lasst ihn nicht entkommen!«, hörte ich Dad von unten heraufrufen.

Ich rannte den Dachfirst entlang bis zum Ende. Von dort sprang ich auf das nächste Dach und immer so weiter.

Hier oben bin ich in Sicherheit. Hier können sie mich nicht kriegen, dachte ich und wurde langsamer. Da hörte ich über mir das Dröhnen eines Hubschraubers.

Ich schaute nach oben – und sah, wie der Polizeihubschrauber direkt auf mich zukam. Sein heller Suchscheinwerfer strich über die Dächer. Um mich zu finden.

Ich stieß ein langes Heulen aus. Dann sprang ich auf den Erdboden. Auf allen vieren flüchtete ich in der Dunkelheit vor meinen Verfolgern.

Sirenen heulten durch das Stadtviertel. Reifen quietschten, als die Feuerwehrwagen auf der Jagd nach mir scharf um die Ecke fuhren.

Ich rannte durch Gärten.

Bewegungsmelder gingen an. Sirenen heulten. Verängstigte Rufe drangen an mein Ohr.

Ich flitzte noch schneller – bis ich schließlich Seitenstechen bekam.

Halt!, sagte ich mir. Ruh dich aus. Finde ein Versteck.

In einem der Gärten vor mir entdeckte ich einen Schuppen. Ich sah zum Haus hinüber. Es war dunkel.

Vorsichtig schlich ich mich zum Schuppen.

Die Tür war nicht verriegelt.

Ich drückte die Tür auf, huschte hinein und schob die Tür hinter mir zu. Ich zwängte mich zwischen einem Rasenmäher und einem Fahrrad hindurch und brach auf dem Holzboden zusammen.

Meine Beine zitterten von der Anstrengung.

Mein Brustkorb hob und senkte sich heftig, als ich versuchte zu Atem zu kommen.

Langsam beruhigte sich mein rasender Herzschlag.

»Alles wird gut!«, sagte ich mir. »Hier bist du sicher. Die Sonne müsste eigentlich bald aufgehen. Dann wirst du dich zurückverwandeln und nach Hause schleichen.«

Gerade als ich müde die Augen schloss, flog krachend die Schuppentür auf.

Ein helles, blendendes Licht durchflutete den Schuppen.

»Wir haben ihn!«, rief ein Polizist. »Er sitzt in der Falle!«

Ich sprang auf und sah mich hektisch im Schuppen um.

Kein Fenster.

Keine Möglichkeit zu entkommen.

Ich richtete meinen Blick wieder auf die Tür. Ich legte den Kopf in den Nacken und ließ ein langes, lautes Geheul ertönen.

Die Polizisten hoben die Waffen.

Einer von ihnen zielte mit seiner Pistole auf mich. »Ich hab ihn im Visier«, sagte er. »Gleich wird es ihn nicht mehr geben.«

Sein Finger krümmte sich um den Abzug.

25

»Nicht schießen! Das ist mein Sohn!«, hörte ich Dad schreien.

Nanu?

Woher weiß er das? Woher weiß er, dass ich das bin?

Dad bahnte sich einen Weg durch die erstaunten Polizisten. »Alles in Ordnung?«, rief er. Er warf einen Blick nach draußen und guckte hoch zum Nachthimmel. »Es ist fast Morgen. Bis dahin bist du hier sicher.«

Er befahl seinen Leuten zurückzutreten. Dann verließ er den Schuppen und schloss die Tür hinter sich.

Ich konnte hören, wie die Polizisten draußen mit ihm stritten.

»Er ist ein Killer!«, rief einer von ihnen. »Er muss vernichtet werden.«

Ich blickte an meinem Körper herunter. Ich war noch immer eine Bestie. Ich verwandelte mich nicht zurück.

Und wenn nun irgendetwas schief geht?

Und wenn ich mich dieses Mal nicht zurückverwandele?

Ich spähte durch einen Spalt zwischen den Holzbrettern des Schuppens. Draußen war es immer noch dunkel.

Mein Herz schlug heftig, während ich auf den Sonnenaufgang wartete.

»Sheriff Freidus – Sie müssen den Verstand verloren haben. Diese Bestie kann unmöglich Ihr Sohn sein!«, rief eine andere wütende Stimme. Eine Faust hämmerte gegen die Schuppentür, die sich krachend öffnete. »Sie muss getötet werden!«

Zitternd duckte ich mich hinter eine Kiste.

»Ich habe Ihnen doch gesagt, dass Sie Abstand halten sollen«, sagte Dad. Eine Hand langte herein und schloss die Schuppentür.

Ich seufzte – und spürte auf einmal, wie meine Haut zu kribbeln begann.

»Holt ihn raus! Holt ihn raus!« Wutentbrannt stimmten die Polizisten einen Sprechchor an.

Während die Stimmen immer lauter wurden, begann mein Wolfsfell von mir abzufallen.

»Bringt die Bestie um! Erlegt sie!« Die Männer klangen immer wütender. Sie schienen sich gegenseitig aufzuheizen.

Los! Schnell! Ich sah an meinem Körper herunter. Verwandle dich schneller! Bevor es zu spät ist.

Meine Beine brannten.

Mein Kopf tat weh.

Meine Haut fühlte sich an, als würde sie mir vom Körper gezogen.

Ich jaulte vor Schmerz, bis mir die Kehle wehtat.

»Hören Sie nur! Das ist nicht Ihr Sohn! Das ist eine Bestie! Hören Sie doch nur ihr Jaulen!«

»Erschießt sie!«

Die Tür flog auf. Ein Polizist stand mit gezogener Waffe vor mir.

»Dad?«, fragte ich leise.

Mein Vater schob den Mann zur Seite. »David!« Dad kam schnell auf mich zu. Er setzte sich zu mir auf den Boden, legte seine Arme um meine Schulter und drückte mich fest an sich. »Hab keine Angst. Es wird alles gut werden.«

Ich blickte an mir herab. Ich hatte meinen normalen Körper wieder.

»Es ist tatsächlich sein Sohn. Es ist tatsächlich David!« Von draußen hörte ich unterdrücktes Wispern.

»Woher wusstest du es, Dad?«, fragte ich mit schwacher Stimme. »Woher wusstest du, dass ich es bin?«

»Der Zahn.« Dad deutete auf den Werwolfzahn, der an meinem Hals hing. »Ich sah den Zahn und wusste sofort, dass du es bist. Aber leider entdeckte ich ihn erst, als du zum Schuppen gerannt bist. Ich wünschte nur, ich hätte ihn früher gesehen. Tut mir Leid, David.«

Ich umklammerte den Zahn.

Er hatte mir wieder einmal das Leben gerettet, stellte ich fest.

»Lass uns heimgehen.« Dad half mir beim Aufstehen. Ich trat aus dem Schuppen. Die Morgensonne stach mir in die Augen. Schnell schloss ich sie. Als ich sie wieder öffnete, sah ich, wie mich eine Gruppe von Polizisten anstarrte.

»Wir werden ihn jetzt in Gewahrsam nehmen, Sir.« Ein Polizist ergriff fest meinen Arm.

»Lassen Sie ihn in Ruhe.« Dad schob den Polizisten aus dem Weg.

»Das ist nicht möglich, Sir.« Der Polizist griff wieder nach meinem Arm.

Die Übrigen nickten zustimmend.

Langsam traten sie vor und bildeten einen engen Kreis um uns.

»Dad?« Meine Stimme zitterte. »Was werden sie mit mir machen?«

26

»Lassen Sie ihn in Ruhe!« Dads Gesicht war zorngerötet. Die Polizisten wichen zurück.

»Ich möchte David mit nach Hause nehmen.« Dad sprach jetzt ruhig. »Er will niemandem etwas tun. Er braucht Hilfe.«

»Was wird beim nächsten Vollmond passieren? Was ist, wenn er wieder zuschlägt?«, fragte einer der Polizisten.

»Das wird er nicht«, versprach Dad. »Ich übernehme die Verantwortung für ihn. Ich werde dafür sorgen, dass er nie wieder jemandem etwas zu Leide tut. Ich bitte Sie nur um einen Gefallen: Bitte erzählen Sie niemandem von Davids Problem. Er wird nie wieder ein normales Leben führen können, wenn die ganze Stadt darüber Bescheid weiß.«

Die Polizisten gaben den Weg frei und ließen uns gehen.

Einer der Männer fuhr Dad und mich in einem Streifenwagen nach Hause. Von der Jagd erschöpft, sank ich in den Sitz und sagte während der Fahrt kein Wort.

Als wir zu Hause ankamen, fühlte ich mich viel besser. »Ich hätte dir davon früher erzählen sollen«, sagte ich auf dem Weg ins Wohnzimmer.

»Wann ist es passiert? Und wie ist es passiert?« Dad fuhr sich mit der Hand durch das blonde Haar. Seine blauen Augen wurden traurig. Er ließ sich auf das Sofa fallen und machte den obersten Knopf seines Hemdes auf. Mit hängenden Schultern lehnte er sich zurück und wartete auf meine Antwort.

»Es passierte in der Nacht, als der Werwolf mich im Wald ansprang«, erklärte ich. »Er biss mich in die Schulter. Ich weiß, ich hätte es dir damals sagen müssen. Aber ich wollte dir nicht den Spaß verderben. Du warst so glücklich.«

»Es tut mir Leid, David.« Dad schüttelte den Kopf. »Ich war zu sehr von der Idee besessen, einen Werwolf zu finden. Ich hätte besser auf dich aufpassen sollen. Ich hätte es nie so weit kommen lassen dürfen.«

Dad verbarg das Gesicht in den Händen. »Danke, David«, murmelte er.

»Danke? Wofür, Dad?«

»Dafür, dass du Ben freigelassen hast.« Er schaute zu mir hoch. »Er war kein Werwolf. Du hattest Recht. Ich hätte mich vor der ganzen Welt blamiert, wenn du nicht wärst. Ich fühle mich wie ein totaler Idiot.«

Dad stand auf und begann im Zimmer auf und ab zu laufen.

»Hab keine Angst. Es wird sich alles ändern.« Seine Stimme wurde lauter. »Ich werde mich jetzt mehr um dich kümmern, David. Ich werde den Polizeidienst quittieren. Ich werde den Rest meines Lebens damit verbringen, ein Heilmittel für dich zu finden. Und es spielt keine Rolle, wie lange es dauert!«

Das Telefon klingelte.

Dad ging ran.

Schweigend lauschte er der Stimme am anderen Ende der Leitung. Dabei verengten sich seine Augen und seine Gesichtsmuskeln spannten sich an.

»Das ist unmöglich!«, brüllte er schließlich in den Hörer.

Er hörte noch ein Weilchen zu und legte dann auf.

»Was ist los, Dad? Was ist passiert?«

»Das war das Polizeirevier.« Dad holte tief Luft. »Ein Werwolf hat am anderen Ende der Stadt sechs Leute angefallen.«

»Das war ich nicht!« Ich sprang vom Sofa auf. »Das weißt du doch, oder?«

»Ja«, sagte Dad. »Du kannst es nicht gewesen sein. Der Angriff war ganz am anderen Ende der Stadt. Und es ist zur selben Zeit passiert, als du auf dem Schulhof warst.«

»Wer war es dann, Dad?« Verwirrt schüttelte ich den Kopf.

»Es muss Ben gewesen sein.« Dad stemmte die Hände in die Hüften. »Er hat uns belogen. Er ist doch ein Werwolf!«

Ben ist anscheinend wirklich ein Werwolf, dachte ich voller Zweifel. Und er ist irgendwo da draußen.

»Wann ist der nächste Vollmond, Dad?«, fragte ich mit zittriger Stimme.

»Heute Nacht«, seufzte Dad. »Nur noch eine Vollmondnacht«, sagte er und schloss die Augen, um nachzudenken.

»Was wirst du tun?«, fragte ich.

»Ich habe einen Plan.« Dads Augen öffneten sich plötzlich. »Ich werde heute Nacht die Suche nach Ben leiten. Ich werde die Männer mit Maschinenpistolen ausrüsten lassen. Es tut mir Leid, David«, sagte Dad sanft. »Aber wir werden schießen müssen, mit der Absicht zu töten.«

27

Bei Sonnenuntergang beobachtete ich, wie Dad sich fertig machte. Er nahm sein Gewehr aus dem Waffenschrank an der Wohnzimmerwand und füllte jede Kammer mit einer Silberkugel.

»Glaubst du wirklich, dass man nur mit einer Silberkugel einen Werwolf töten kann?« Ich erschauerte.

»So sagt man. Ich weiß nicht, ob es stimmt oder nicht«, antwortete er. »Aber warum soll ich ein Risiko eingehen?«

Armer Ben.

Ich wusste, er war ein Werwolf. Ein Killer. Aber ich konnte mir nicht helfen – er tat mir Leid. Und ich mir selbst auch.

»Okay. Es ist so weit.« Dad nickte in Richtung des Käfigs im Wohnzimmer.

Er ließ mich in den Käfig klettern.

»Da drin bist du in Sicherheit«, sagte er, als er die Tür mit einer Kette sicherte und dann mit einem riesigen Vorhängeschloss aus Metall verschloss.

Ich starrte durch das Wohnzimmerfenster nach draußen und sah zu, wie der Mond aufging.

Meine Gedanken wanderten zu Ben.

Ich dachte daran, wie er mir auf dem Schiff das Leben gerettet hatte.

Fest schlossen sich meine Finger um den Werwolfzahn. Es war Ben, der ihn mir gegeben hatte.

Das heißt, er hat mein Leben zweimal gerettet, wurde mir klar.

Ich muss versuchen ihm zu helfen, dachte ich. Ich muss ihn warnen.

Ich packte die Stangen des Käfigs und rüttelte an ihnen. »Wie soll ich ihm helfen, wenn ich hier eingesperrt bin?«, jammerte ich.

Es klingelte an der Tür.

»Herein!«, rief ich. »Schnell!«

»Was tust du da drin?« Alice steckte den Kopf durch die Wohnzimmertür. »David – machst du wieder Quatsch?«

»Kein Quatsch«, murmelte ich. Ich hatte eine Idee. »Der Werwolf hat mich reingelegt«, erzählte ich Alice. »Er kam hierher zurück und hat mich in den Käfig gesperrt. Dann ist er wieder abgehauen. Schnell – lass mich raus. Ich muss Dad warnen.«

»Okay.« Alice sah sich im Wohnzimmer um. »Wo ist der Schlüssel?«

Gute Frage.

Ich hatte Dad nicht weiter beobachtet, nachdem er mich eingeschlossen hatte. Ich wusste nicht, was er mit dem Schlüssel gemacht hatte.

»Versuch's mal mit den Schreibtischschubladen.«

Alice kramte in den Schubladen herum. »Nichts zu finden«, berichtete sie.

»Wir müssen den Schlüssel finden!«, rief ich.

»Reg dich ab, David«, sagte sie. »Ich hab 'ne bessere Idee. Viel besser sogar. Die Idee ist super. Sie ist …«

»Alice, wir haben keine Zeit!«

»Schon okay. Wir brauchen den Schlüssel gar nicht.« Sie lächelte.

»Nein?«

»Nö! Ich such deinen Vater und warne ihn wegen Ben. Wenn dein Vater nach Hause kommt, kann er dich mit der Säge oder so was befreien.«

»Keine gute Idee, Alice.«

»Wieso nicht?«

»Weil …« Ich sah aus dem Fenster. »Ich will nicht, dass du jetzt da rausgehst. Der Vollmond geht gerade auf. Es ist zu gefährlich.«

»Stimmt.« Alice zögerte nicht. »Ich werde den Schlüssel finden.«

Während Alice das Haus durchsuchte, fühlte ich, wie meine Haut zu kribbeln begann. Alice darf nicht sehen, wie ich mich verwandele!, dachte ich. Was kann ich bloß tun?

»Beeil dich, Alice! Mach schon!«, rief ich und konnte meine Panik nicht verbergen.

Meine Haut brannte.

Mein Kopf tat weh.

Wo hatte Dad bloß den Schlüssel hingetan? Wenn er ihn nun mitgenommen hatte? Ich stöhnte.

Dann fiel mir die Keksdose ein. Dort bewahrte Dad die Ersatzschlüssel für das Haus auf.

»Guck mal in der Keksdose auf der Arbeitsplatte in der Küche nach«, rief ich.

»Hab ihn!«, jubelte Alice. Sie kam ins Wohnzimmer und schwenkte den Schlüssel in der Luft.

»Los jetzt!«

»Bin ja schon da.« Sie steckte den Schlüssel ins Schloss und öffnete die Tür.

»Du gehst jetzt besser heim!« Ich sprang aus dem Käfig.

Ich fühlte, wie mir auf dem Rücken Fell wuchs.

»Bist du verrückt? Ich geh da nicht raus. Es ist zu gefährlich. Hast du doch selbst gesagt.«

»Hier … hier kannst du nicht bleiben«, stammelte ich. »Der Werwolf – wenn er jetzt zurückkommt. Du musst nach Hause. Da ist es sicherer. Beeil dich!«

»Wenn du meinst.« Alice ging zur Haustür.

Meine Muskeln begannen anzuschwellen.

Alice nahm die Türklinke in die Hand.

Ich schaute an mir herunter – und sah dunkle, borstige Haare auf meinem Handrücken wachsen.

Dreh dich nicht um, Alice!, bat ich stumm.

Bitte, geh einfach raus. Dreh dich bloß nicht um!

Bitte, du darfst nicht sehen, was aus mir geworden ist.

28

Alice drückte die Klinke runter. »Viel Glück, David«, rief sie mir zu.

Ich sagte nichts. Ich blieb vor Furcht wie angewurzelt stehen.

Sie öffnete die Tür.

Sie guckte erst vorsichtig nach links, dann nach

rechts. »Ich glaube, ich kann beruhigt rausgehen«, murmelte sie.

Ich antwortete nicht.

Sie blieb weiter in der Tür stehen und sah nach draußen. Sie blickte zum Mond hoch.

Ein stechender Schmerz durchfuhr meinen Schädel, als mein Kopf sich in den eines Werwolfs verwandelte.

»Na gut!« Alice holte tief Luft. »Ich geh jetzt, David. Ruf mich später an!«

Geh endlich! Dreh dich nicht um. Geh einfach, flehte ich erneut in Gedanken.

»Sei vorsichtig«, sagte sie. Endlich zog sie die Tür hinter sich zu und verschwand.

Ich lief zum Fenster und sah, wie sie die mondhelle Straße entlanglief. Dann raste ich durch das Haus zur Hintertür und stürmte hinaus.

Ein siedend heißer Schmerz schoss durch meinen Mund, als sich meine Reißzähne herausbildeten. Ich heulte voller Qual.

Die Verwandlung war abgeschlossen.

Jetzt war ich ein richtiger Werwolf.

Ich duckte mich in den Schatten unseres Hauses und überlegte.

Wohin sollte ich gehen?

Wo war Ben?

Würde ich ihn rechtzeitig finden, um ihn zu retten? Mein Herz begann zu klopfen.

»Der Werwolf!«, schrie eine Frauenstimme.

Ich erstarrte.

»Hilfe! HILFE! Er will mir was tun!«

Mein Blick wanderte über die Reihe von Gärten – und plötzlich entdeckte ich den Werwolf. Nur einige Häuser entfernt.

Er bleckte die Zähne und knurrte die Frau an. Mit gesenktem Kopf näherte er sich ihr und trieb sie zurück gegen die Hauswand. Dort saß sie in der Falle.

Ich brüllte wütend – und sprintete los.

Ich sprang über hohe Zäune, raste durch die Gärten. Dann duckte ich mich auf die Hinterbeine, holte tief Luft und machte einen Satz auf den Werwolf zu.

Aufjaulend wich die Bestie überrascht zurück.

Der Frau fielen fast die Augen aus dem Kopf. Sie kreischte vor Angst. Dann löste sie sich von der Hauswand und floh.

Ich stand dem Werwolf Auge in Auge gegenüber. Sein Fell stellte sich auf, als er begann mich zu umkreisen.

Er bleckte seine gefährlichen Zähne.

Was hat er vor?, fragte ich mich. Wird er mich angreifen?

Ich ließ ihn nicht aus den Augen und knurrte tief und bedrohlich.

Soll das etwa das Ende sein?, fragte ich mich. Werden wir beide gegeneinander kämpfen – bis einer von uns tot ist?

29

»Hier entlang! Diese Straße hinunter!«, rief ein Polizist. »Ich höre Geräusche.«

»Schneiden Sie ihm den Weg ab!«, hörte ich meinen Vater kommandieren. »Die Bestie darf uns nicht entkommen!«

Die Polizei! Sie rückte anscheinend näher.

Ich sah den Werwolf scharf an. Er spitzte die Ohren und seine dunklen, glühenden Augen schossen nach rechts und links. Auf der Suche nach einem Versteck.

Wie kann ich ihm helfen?

Wie kann ich sein Leben retten?

Wenn sich der Werwolf doch nur in Ben zurückverwandeln würde! Niemand würde einen kleinen glatzköpfigen Burschen erschießen!

Ich hatte vor Augen, wie Dad sein Gewehr mit den Silberkugeln lud. Können Silberkugeln wirklich einen Werwolf töten?

Eigentlich wollte ich das lieber gar nicht so genau wissen.

Augenblick mal.

Ich hatte doch einiges über Werwölfe gelesen. Es gab einen Weg, einen Werwolf dazu zu bringen, seine menschliche Gestalt wieder anzunehmen, erinnerte ich mich. Wie war das doch gleich?

Denk scharf nach!, sagte ich mir.

Ja! Es fiel mir wieder ein.

Um einen Werwolf in einen Menschen zurückzuverwandeln, musste man seinen richtigen Namen aussprechen.

Das konnte ich!

Ich wusste seinen Namen!

Würde es funktionieren? Ich musste es versuchen.

Ich wandte mich zu der Bestie um und schaute direkt in ihre glühenden, schwarzen Augen.

»Ben!«, rief ich. »Ben Grantley!«

Aber meine Rufe kamen als Wolfslaute raus.

Nichts passierte.

»Teilt euch in Zweiergruppen ein!« Ich hörte, wie mein Vater seinen Männern Anweisungen gab. »Durchkämmt die Gärten.«

Es gab doch noch eine zweite Möglichkeit, einen Werwolf zurückzuverwandeln. Wie ging das jetzt bloß wieder?

Lautes Sirenengeheul zerriss die Nacht. Ich konnte nicht klar denken.

Konzentrier dich, David!, ermahnte ich mich. Es hämmerte in meinem Kopf, als ich versuchte mich zu erinnern.

Na klar, das war's! Man musste dreimal auf den Kopf des Werwolfs schlagen!

Wie soll ich das bloß machen?, dachte ich verzweifelt. Er wird wohl kaum stillhalten!

»Ich habe die Bestie eben gehört!«, rief ein Polizist. »Wir nähern uns ihr!«

Keine Zeit zu verlieren.

Ich sprang den Werwolf an.

Bevor er wusste, wie ihm geschah, war ich über ihm. Ich holte mit der Pfote aus und schlug ihm auf den Kopf.

Einmal.

Zweimal.

Dreimal.

Ich sprang von ihm herunter.

Nichts.

Nichts passierte.

Der Werwolf stieß ein markerschütterndes Heulen aus und starrte mich mit seinen Furcht erregenden Augen hasserfüllt an.

»Hier entlang, Sheriff Freidus!«, rief eine Stimme. »Im nächsten Garten!«

Schwere Schritte kamen von der Einfahrt her.

Ich sah mich hektisch im Garten um – und bemerkte, dass sich die Kette mit dem Wolfszahn von meinem Hals gelöst hatte. Ich hob sie vom Boden auf und legte sie mit einer verzweifelten Bewegung um den Hals des Werwolfs.

Der Polizist stand plötzlich im Garten.

Ich duckte mich schnell hinter einen Busch.

Hunderte von Polizisten stürmten auf den Werwolf zu.

Der Werwolf starrte sie regungslos an. In die Ecke getrieben, keuchte er vor Angst.

Die Polizisten legten die Gewehre an.

»Ich schieße jetzt!«, schrie ein Polizist.

Voller Entsetzen sah ich zu, wie er zielte.

Ich hörte das scharfe Klicken des Abzugs – und dann den fürchterlichen Knall, als er das Feuer eröffnete.

30

Das Gewehr flog hoch, als Dad den Lauf nach oben wegdrückte. Die Kugeln gingen in die Luft, ohne Schaden anzurichten.

»Nicht schießen!«, rief Dad. »Das ist mein Sohn!«

Ja! Ich jubilierte hinter dem Busch. Das mit dem Austausch des Zahns hatte funktioniert. Dad dachte, ich wäre die Bestie. Ich hatte Bens Leben gerettet!

Die Polizisten stürzten sich auf den Werwolf und drückten ihn zu Boden. Der Werwolf knurrte, schnappte nach ihnen und wand sich unter dem Angriff.

Ich beobachtete alles aus meinem Versteck. Bitte tut ihm nicht weh, dachte ich.

Der Werwolf schlug wild mit den Beinen um sich. Er

kämpfte wütend, um sich zu befreien. Aber es waren zu viele Männer, um sie abzuschütteln.

Als seine Beine mit einem starken Seil gefesselt wurden, entfuhr ihm ein leises, trauriges Stöhnen. Sein Blick wurde stumpf. Er wusste, er hatte verloren. Als letzte Drohgebärde riss er das Maul weit auf und schnappte wütend um sich.

Eilig wurde ihm ein Maulkorb aus Metall angelegt.

»Seid vorsichtig! Verletzt ihn nicht.« Dads Stimme bebte, während er die besiegte Bestie betrachtete. »Keine Ahnung, wie mein Junge entwischen konnte. Es wird nicht wieder vorkommen. Ich verspreche es.«

Mit zweien seiner Männer fuhr Dad den Werwolf nach Hause.

Ich wartete, bis alle Polizisten weg waren. Dann ging ich auch nach Hause, wobei ich mich im Schatten hielt. Ich schlich mich durch die Hintertür hinein und spähte ins Wohnzimmer.

»Du hast keine Schuld, David.« Dad führte den Werwolf sanft zum Käfig und schob ihn hinein.

Er löste die Fesseln und entfernte den Maulkorb.

Der Werwolf schnappte nach Dad. Aber Dad sprang schnell zurück und blieb unverletzt.

»Ich werde einen festeren Käfig für dich finden müssen.« Dad warf die Käfigtür zu. »Hab keine Angst. Ich werde mich um alles kümmern«, sagte er beim Zusperren des Schlosses.

Der Werwolf legte den Kopf in den Nacken und heulte.

Ich sprang ins Wohnzimmer.

»Ben – du bist wieder da!« Dad starrte mich an und schnappte nach Luft. »ZWEI Werwölfe! Ich habe zwei Werwölfe in meinem Wohnzimmer! Was mach ich jetzt bloß?«

Dad wich vor mir zurück.

Ich legte mich flach auf den Boden und gab ein schwaches Winseln von mir, um ihm zu zeigen, dass ich ihm nichts tun wollte.

»Gut«, sagte Dad sanft. »Sitz!«

Er ließ sich auf dem Sofa nieder und blickte zwischen mir und dem Werwolf im Käfig hin und her.

»Es tut mir so Leid.« Dad schüttelte den Kopf. »Aber ich habe keine Wahl. Ich muss euch beide an meine Leute ausliefern.«

Mein Kopf fuhr hoch. Was sagte Dad da? Das konnte doch nicht sein Ernst sein, oder?

»Zu viele Leben sind in Gefahr. Ich kann nicht für euch beide die Verantwortung übernehmen. Ich kann nicht die Verantwortung für das übernehmen, was ihr beide anrichten könnt.«

Nein! Das kann er uns nicht antun, ging es mir durch den Kopf.

»Es tut mir so Leid!«, wiederholte er. »Mein ganzes Leben habe ich davon geträumt, einen Werwolf zu fangen. Das war alles, woran ich denken konnte. Aber es war eine blödsinnige Idee. Jetzt habe ich unser aller Leben zerstört. Ich bin am Ende!«

Dad ließ traurig den Kopf hängen.

Er wird es sich noch einmal überlegen. Er wird uns nicht ausliefern, dachte ich. Ich bin schließlich sein Sohn. Seinem eigenen Sohn wird er das nicht antun!

Dad stand vom Sofa auf. »Ich weiß, was ich tun werde.« Er begann im Zimmer auf und ab zu gehen. »Alles wird wieder gut werden«, versicherte er uns. »Ich werde mit den führenden Wissenschaftlern des Landes sprechen.«

Ja! Wusst ich's doch! Dad ließ sich doch noch etwas Besseres einfallen. Er konnte ja nicht seinen eigenen Sohn der Polizei ausliefern.

»Ich weiß, dass ich unser aller Leben zerstört habe. Aber ich werde alles in Ordnung bringen. Das verspreche ich. Selbst wenn ihr beide ins Gefängnis müsst

– ich werde mit den Wissenschaftlern zusammenarbeiten. Ich werde mein Leben der Aufgabe widmen, dass ihr beide geheilt werdet!«

Dad nahm den Telefonhörer ab und wählte die Nummer der Polizeiwache. »Ich habe zwei Werwölfe in meinem Wohnzimmer. Schicken Sie jemanden, der sie abholt.«

31

Ich werde nicht den Rest meines Lebens irgendwo in einem Käfig eingesperrt verbringen! Kommt gar nicht in Frage!, sagte ich mir und sprang auf. Es muss eine bessere Lösung geben!

»Sie sind hier«, sprach Dad in den Telefonhörer.

Ich schaute zu Ben hinüber. Er stand auf den Hinterpfoten und biss mit seinem kräftigen Kiefer in einen der Gitterstäbe. Geifer glänzte an seinen Reißzähnen, mit denen er an dem Stab herumkaute.

Ich starrte auf seine scharfen, tropfenden Reißzähne. Ja! Jetzt hab ich's!, dachte ich.

Plötzlich wusste ich die Lösung. Plötzlich wusste ich genau, was ich zu tun hatte. Ich wusste, wie unser Problem zu lösen war.

Ich sprintete durch das Zimmer, sprang meinen Vater an – und vergrub meine Zähne tief in seiner Schulter.

Überrascht ließ Dad den Hörer fallen.

Dann warf er den Kopf zurück und schrie vor Schmerz auf.

In den Nachbarhäusern ging das Licht an, als wir zu dritt durch die Nacht liefen. Zwei wolfsartige Wesen und ein benommener Mann.

Heulend.

Wir rannten durch die kühle Nacht.

Unter dem Licht des Vollmondes.

Ja, ich – David Freidus – bin ein Werwolf.

Mein Vater war einmal ein Werwolfjäger. Aber jetzt nicht mehr. Jetzt ist er selbst ein Werwolf.

So habe ich unser Problem gelöst. So habe ich alles in Ordnung gebracht.

Mein Vater glaubte einmal, in den Wäldern außerhalb der Stadt gäbe es Werwölfe. Gesehen hat er nie einen. Und alle dachten, er wäre verrückt. Auch ich.

Aber Dad ist nicht verrückt – zumindest jetzt nicht mehr.

Denn ich habe das untrügliche Gefühl, dass es über kurz oder lang in den Wäldern außerhalb unserer Stadt von Werwölfen nur so wimmeln wird.

Wie ich darauf komme? Ich weiß es eben.

LESEPROBE

R. L. Stine

Das Versteck der Mumie

GÄNSEHAUT Band 48

OMNIBUS Nr. 20732

Irgendjemand musste da drin sein.

Irgendjemand steuerte diese Maschine.

Ich packte den Griff der Cockpittür und versuchte verzweifelt sie aufzuziehen.

Doch die Tür rührte sich keinen Millimeter.

Ich drückte die Schulter dagegen, um sie aufzustemmen.

Nichts.

War sie verschlossen? Aber warum sollten die Piloten sich einschließen? Das Herz pochte mir in der Brust. Ich schluckte wieder, denn meine Kehle war so trocken und kratzig wie Stahlwolle.

»Bitte!«, rief ich ins Cockpit hinein. »Warum hören Sie denn nicht auf mich?«

Das Flugzeug machte einen Ruck und ich taumelte noch einmal gegen die Toilettentür.

Als ich mich wieder aufrappelte, hörte ich, wie knackend ein Lautsprecher anging.

»Bitte nehmen Sie zum Start Ihren Platz ein.«

Eine Männerstimme.

»Nein! Sie verstehen mich nicht!«, jammerte ich. Wieder trommelte ich gegen die Cockpittür. »Hier liegt ein Irrtum vor!«

Es rauschte so laut, dass ich mir die Ohren zuhalten musste. Dann wiederholte die Männerstimme durch das Rauschen hindurch ihren Befehl: »Bitte nehmen Sie Ihren Platz ein. Wir können erst abheben, wenn Sie an Ihren Platz sitzen.«

Ich zögerte.

Die werden nicht auf mich hören, wurde mir klar.

Die wollen einfach nicht mit mir reden.

Mit einem gequälten Seufzen ließ ich mich in meinen Sitz plumpsen. Ich war immer noch dabei mich anzuschnallen, als ich spürte, wie das Flugzeug abhob.

»Ich glaube das einfach nicht«, brummelte ich.

Ich drehte den Kopf zum Fenster und sah, wie die Erde wegkippte.

Höher und höher ging es hinauf. Schließlich füllte der blaue Himmel das runde Fenster ganz aus.

Ich spähte auf den Flughafen hinunter, auf die Bäume, die ihn umgaben, die rechteckigen Wohnblocks, die Häuser, die jetzt wie winzige Puppenhäuschen wirkten.

Das passierte nicht wirklich, redete ich mir ein.

Ich bin ganz allein. Ganz allein in diesem Riesenjet.

Ich spürte, wie sich der Luftdruck änderte, als das Flugzeug zum Steigflug ansetzte.

Es machte eine scharfe Kurve. Ich hörte die Turbinen aufjaulen.

Das Flugzeug neigte sich langsam zur Seite, kippte immer mehr weg. Dann legte es sich wieder in die Horizontale. Wir flogen eine weite Kurve …

Als ich noch einmal nach unten spähte, sah ich, dass die rechteckigen Häuserblocks verschwunden waren. Stattdessen erblickte ich grüne Baumkronen. Freies Feld. Dann wieder Bäume.

Schließlich entdeckte ich einen langen, gelben Streifen.

Sand? Genau. Den langen Sandstrand am Atlantik.

Ich starrte reglos hinab wie gelähmt.

Jetzt flogen wir über das Meer hinaus. Die Sonne warf glitzernde, goldene Flecken auf das wogende, grün-blaue Wasser, bis der ganze Ozean schillerte und glänzte.

Wieso fliegen wir über das Meer?, fragte ich mich.

Dann traf mich plötzlich die Erkenntnis: Wir fliegen gar nicht nach Orlando.

Das kann unmöglich der Weg nach Orlando sein.

Ich sackte in meinem Sitz zusammen und faltete verkrampft die kalten, klammen Hände in meinem Schoß. Dann holte ich tief Luft, hielt den Atem an und versuchte meinen rasenden Herzschlag zu beruhigen.

Wie fliegen wir hin?

Wo um aller Welt fliegen wir nur hin?

Dann, als ich noch einmal tief Luft holte, bemerkte ich, wie sich die Tür zur Pilotenkanzel langsam öffnete …